# 给孩子讲点古典诗词

宿清宣◎主编

华龄出版社
HUALING PRESS

**责任编辑：**薛 治
**责任印制：**李未圻
**封面设计：**颜 森

**图书在版编目（CIP）数据**

给孩子讲点古典诗词 / 宿清宣主编. -- 北京：华龄出版社，2018.7
ISBN 978-7-5169-1231-7

Ⅰ. ①给… Ⅱ. ①宿… Ⅲ. ①古典诗歌 – 中国 – 少儿读物 Ⅳ. ①I222

中国版本图书馆CIP数据核字（2018）第157065号

**书　　名：**给孩子讲点古典诗词
**作　　者：**宿清宣　主编

**出 版 人：**胡福君
**出版发行：**华龄出版社
**地　　址：**北京市东城区安定门外大街甲57号　**邮编：**100011
**电　　话：**58122254　**传真：**58122264
**网　　址：**http://www.hualingpress.com

**印　　刷：**三河市东兴印刷有限公司
**版　　次：**2019年7月第1版　2019年7月第1次印刷
**开　　本：**710×1000　1/16　**印　　张：**14
**字　　数：**180千字
**定　　价：**39.80元

（如出现印装质量问题，调换联系电话：010-82865588）

# 前言

Preface

生活在现代科技社会的父母，都希望孩子能尽早接触新科技，跟上时代的步伐，殊不知，科技的发展日新月异，更新迭代何等迅速，现在学会的新科技，十年二十年之后，还是新科技吗？我们需要给孩子的是未来，让他们为未来而学。因此要让他们在心无旁骛、精力最佳的阶段，学习传统的具备永恒价值的东西，而不是父母心中的“新东西”。

如果一个人只是一味看重新的科技、新的技能，而忘了传统的经典的文化，这并非一件益事。有些人生体会与境界历久弥新，而诗词就是这种人生基础的底色。

吟诵诗词，就像聆听智者的人生倾诉，他们的经历和感慨，敲醒了孩子朦胧的心灵。“人有悲欢离合，月有阴晴圆缺”说出了人生的无常；“黑发不知勤学早，白首方悔读书迟”规劝着世代少年惜时读书；“谁言寸草心，报得三春晖”是游子对母亲最深沉的礼赞；“长风破浪会有时，直挂云帆济沧海”是血性男儿最豪迈的誓言。

诗词中的美景，不仅是一幅幅典雅的山水画，更是一粒粒含有永恒智慧的珍珠，它们装饰了孩子的生活，点燃了爱美之心，让孩子在见到美丽心动的景色时，不是简单地“真美”“真漂亮”的感叹。“接天莲叶无穷碧，映日荷花别样红”，这样的西湖美景令人流连；“回眸一笑百媚生，六宫粉黛无颜色”，这样的佳人却空有绝世的容颜；“明月松间照，清泉石上流”，这样的意境可以洗涤生活的浮躁；“水何澹澹，山岛竦峙”，这样的古意让人体会到人生的渺小与微茫。

带领孩子邂逅各种人生，体悟各色生活。在诗词中，顾盼生姿的少女，娴静温柔，又不乏活泼之趣；壮志满怀的男儿，气宇轩昂，也充满真情实意；落魄的书生、得意的官员、思乡的游子、放浪的狂生、睿智的老人……这些人都曾经和我们一样生活过，终其一生的经历，凝结成一首小诗、一曲小词。这些满是欢笑与泪水的作品，化成一本美丽诗词，放于孩子的案头，就像一个神秘的世界，等待他们去冒险，去了解自己的朋友，采摘其中的名言佳句，学得妙笔生花的本领，拥有为人处世的智慧。

这本书在兼顾美感与哲理的同时，也给孩子一些写作上的指导，帮助他们更理解诗词，也让他们更灵活地运用熟悉的汉字和语言。

# 目录

Contents

## 卷一　春夏之美



## 卷二　秋冬之韵

## 卷三　山水田园



## 卷四　咏物言志



## 卷五　诗中有画

## 卷六 山川览胜



## 卷七 节日有感

## 卷八　亲友相思



## 卷九　聚散送诗



## 卷十　生活哲理

## 卷十一　豪迈人生



## 卷十二　点滴愁绪



## 卷十三　真情流露

## 卷十四　怀古伤今



## 卷十五　漂泊在外

# 卷一

# 春夏之美

## 梦里花落知多少——孟浩然《春晓》

### 春晓[1]

孟浩然

春眠不觉[2]晓，处处闻啼鸟[3]。
夜来风雨声，花落知多少。

①春晓：春天的清晨。晓，指天刚亮的时候。②不觉：不知不觉，没有察觉到。③闻啼鸟：听到小鸟的鸣叫声。闻，听到。啼，鸣叫。

春夜适合酣眠，不知不觉就到了天亮，醒来听见窗外一片愉快的鸟叫。回想昨晚似乎有一夜风雨，花瓣不知被打落了多少。

### 凋零之美

春宵梦酣，一觉醒来，天已大亮了。这时，诗人心中想的，不是春游之乐，也不是春景之盛，而是在暗自揣测：昨天夜里的那场风雨，应该打落了不少花瓣吧。“夜来风雨声，花落知多少”。联系诗的前两句，可以想见夜里的那一阵风雨不是疾风暴雨，当是轻风细雨，才能把诗人送入香甜的梦乡，把清晨清洗得更加明丽。但是它毕竟带走了春光，诗人的一句疑问，隐含着他对春光流逝的淡淡哀愁和惋惜。

◎ 写作指导

“书读百遍，其义自现”，唐朝诗人孟浩然的这首《春晓》，也是得反复朗诵，方能趣味横生的作品。它看起来朴实无华，品起来却别有意趣，原因在于它接近生活的一种心态和语气。用坦承直白的语言，表达内心的真实感受，反而比精心雕琢更经得起玩味。

◎ 智慧点拨

我们常常想着在一件事情上出新出奇，来赢得别人的肯定。如果能有创新和突破固然很好，但做事情最需要的其实是一颗真诚的心。只要表达了自己的真实心意，不论用怎样的方式都是不错的。就像孟浩然的平淡闲适，不用刻意地修辞和装饰，也能打动人心。我们与亲友相处、学习生活，最需要的不是多么了不起的天才，而是淳朴如玉的心地。

## 好雨知时节——杜甫《春夜喜雨》

### 春夜喜雨

杜甫

好雨知时节，当春乃①发生。
随风潜入夜，润物细无声。
野径②云俱黑，江船火独明。
晓看红湿处，花重③锦官城。

①乃：就，马上。②野径：野外的道路，田径。③重（zhòng）：沉甸甸的意思。

在植物萌发生长的时候下的才是好雨，它随着春风在夜里悄悄降临，默默地滋润着万物生灵。雨夜野外黑茫茫一片，只有江上的船灯格外明亮。天亮后，看到带着雨水的花朵，整个成都也变成了沉甸甸的繁花世界。

### 谦逊之美

杜甫笔下的春雨，有一股谦逊的美感。你看她悄悄地来，不声不响地滋润着万物；又悄悄地去，留下水珠浸润着花苞。描写春雨的两句诗“随风潜入夜，润物细无声”，“潜”字体现春雨来的时候，像一个沉默的人一样悄无声息、无影无踪的情态；“润”字则准确而生动地写出了春雨滋润万物、静默无声的特点，既是在说春雨的状态，又是在说春雨自我奉献的精神，形情皆备，精深独妙，让人读来不禁喜爱春雨谦逊的品格。

◎ 写作指导

《春夜喜雨》中最突出的就是炼字之妙。“好”“潜”“润”“重”这几个字，都是经过精心锤炼之后，最能体现春雨之态的亮点。一篇文章中如果有了几个亮点，整个文章也就会明亮起来。在我们写作文的时候，也要学会设计几个文章的亮点、转折点、关键词，可以用名人名言，也可以如杜甫这样遣词造句，这样才能使文章有得分之处。

◎ 智慧点拨

杜甫笔下的春雨，不仅乐于奉献，而且默默无闻。在万物萌发的时候，春雨来了。但她什么也不说，只是用行动证明自己的价值和用心，这样反而让人更加喜欢她的谦逊和淳朴。做人也当有这样的品格——脚踏实地，不自我吹嘘，把自己的本职做好，这才是最值得骄傲的事情。

## 自在娇莺恰恰啼——杜甫《江畔独步寻花·其六》

### 江畔独步寻花·其六

杜甫

黄四娘家花满蹊①，千朵万朵压枝低②。

留连③戏蝶时时舞，自在娇莺恰恰啼④。

①花满蹊：花很多，把园中的小路都遮住了。②压枝低：花开得很茂盛，把花枝都压得低垂了。③留连：舍不得离开。④自在：自由自在，不受约束。娇莺：美丽可爱的黄莺。恰恰：黄莺的鸣叫声。

黄四娘家的园子里开满了鲜花，连小路也被各种花儿遮住了。千万朵争奇斗艳，花枝都被压得低垂。在花间戏耍的蝴蝶上下飞舞，似乎是舍不得离开。自由自在的黄莺在花枝间欢唱，“恰恰”之声悦耳动听。

## 活泼之美

杜甫这首诗最明显的特点就是动静结合。繁花似锦，枝繁叶茂，还不能说出春天的热闹；蝴蝶翩然飞舞，黄莺自由歌唱，这样的春天才生动活泼。“留连戏蝶时时舞，自在娇莺恰恰啼”，春光中既有静态的花草，又有动态的鸟虫，一静一动，春天的热闹和美丽跃然眼前。

### ◎ 写作指导

周敦颐有“花落柴门拾夕晖，昏鸦数点傍林飞”的诗句，写的是夕阳下，乌鸦回巢的情景，有静态的夕阳，也有动态的昏鸦，和杜甫的这首诗有异曲同工之妙。写文章和作画的道理是相同的，要学会动静结合，追求平衡之美。就像我们写一天的经历，既要有人，也要有事，如果只注重一面，就会显得枯燥乏味。

### ◎ 智慧点拨

春暖花开的时节，杜甫独自在江畔散步赏花，写下了《江畔独步寻花》一组七首绝句，这是其中的第六首。其实杜甫的作品，并不是每一首都独步千古，但因为他笔耕不辍，勤于书写，为后世留下了众多的杰作。与“诗仙”李白的天才比起来，杜甫更像是一个普普通通的人，没有激烈的性格和天生的资质，但用勤奋和对生活的热爱成就了自己“诗圣”的美名。

# 乱花渐欲迷人眼——白居易《钱塘湖春行》

## 钱塘湖春行

白居易

孤山寺北贾亭西，水面初平云脚低。
几处早莺争暖树①，谁家新燕啄春泥。
乱花渐欲迷人眼，浅草才能没②马蹄。
最爱湖东行不足，绿杨阴里白沙堤③。

①暖树：指向阳的树枝。②没：盖没。③白沙堤：即白堤，在西湖东畔。

初春时节，骑马漫行在钱塘湖畔。冰雪消融，湖水已经涨到了岸边，地面上低低地浮着一层云朵一样的水汽。早来的几只黄莺在争着飞向向阳的枝条，不知谁家新飞回的燕子在啄泥筑巢。春花烂漫似乎要使游人眼花缭乱，嫩绿的小草才刚刚没过马蹄。最使人百赏不厌的还是西湖东畔，那杨柳树荫下的白沙堤。

### 行走之美

《钱塘湖春行》像一篇短小精悍的游记，从孤山、贾亭开始，一路经过了青山绿水，看见了“几处早莺争暖树，谁家新燕啄春泥”，最后将目光投向了湖东和白堤上。在杨柳的绿荫底下，白居易是一步三回头，恋恋不舍地离去了。读这首诗，我们也似乎跟在诗人的马后，游历了一遍西湖。一边行走，一边记录所观所想，就像一个热心的导游讲解一样，让没有到过西湖的人对这个美丽的地方心驰神往。

◎ 写作指导

游记是在位置的变化中记录见闻，一次春游、一次购物都可以写出内容丰富的游记来。其实我们可以改变的，不仅是地理上的位置，也可以是观者的立场和角度。就像白居易在这首诗中示范的那样，不仅是行走观景，同时还从早莺、燕子的角度来思考春天。春天有小树发芽、冰雪融化这样的自然景观，也有燕子筑巢、鲜花争艳的生命景观。作家们最爱用的方法，莫过于不断调整自己的位置和角色了。

◎ 智慧点拨

白居易的诗，总是包含了浓浓的感情，像是一块醇正的巧克力糖，让人放在嘴里，就能体会到丝丝幸福的味道。一个情感丰富的人，他看到的世界与整日苦于应付差事的人相比，有不一样的“颜色”，同样是燕子在筑巢，但是诗人的笔下总会有一种生命温情。保持一颗热爱生活、追寻美丽的心灵，生活也将回赠给你格外的精彩。

## 小楼一夜听春雨——陆游《临安春雨初霁》

### 临安①春雨初霁

陆游

世味②年来薄似纱，谁令骑马客③京华。

小楼一夜听春雨，深巷明朝卖杏花。

矮纸斜行闲作草，晴窗细乳④戏分茶。

素衣⑤莫起风尘叹，犹及清明可到家。

①临安：今杭州，南宋时都城。②世味：人世的滋味，人情冷暖。③客：作客、客居。④细乳：微小的乳白色泡沫。⑤素衣：白色的衣服，这里代指诗人自己。

这些年来，世态炎凉、人情薄如窗纱，谁让我骑马来京华？只身客居在小楼上，听了一夜的春雨，明天一早，小巷深处就会传来叫卖杏花的声音了。闲来无事，便在短小的纸张上斜着运笔草书，小雨初晴的窗边，能看到沏茶时杯中的白色泡沫，试着品名茶也是不错的。作为一介草民，我还是不要乱发感慨玷污自己了，最晚到清明节，我也就可以回到家了。

## 轻描之美

陆游是一个爱国忧民的诗人，他身在南宋，一心想要光复大宋的北壁。他受朝廷的召唤，来到临安觐见，本来满怀着重重的心事，笔下却是“小楼一夜听春雨，深巷明朝卖杏花”。似乎和往常的春天一样，听了一夜的雨，料想明天该有人出来吆喝着卖杏花了。但在这轻描淡写之中，其实有诗人一颗无奈的心。将悲哀克制成为淡淡的诗意，美景顿生，回味无穷。

### ◎ 写作指导

兵法有“欲擒故纵”，就是想要抓住对方，先故意让其放松警惕。写作上，也可以采用这样的方法。本来想要宣泄浓烈的情感，却故意克制着不发作，这样的效果胜过铺天盖地的渲染。鲁迅有一篇文章中说：“我家门前有两棵树，一棵是枣树，另一棵还是枣树。”这种本意要转折，却没有转折的写法，读来让人耳目一新，不能不说是一种创新。有时候，改变写作的情绪，来一个欲扬先抑，也会让观者眼前一亮。

### ◎ 智慧点拨

这首诗写于陆游六十二岁时，他本来对南宋朝廷给予厚望，希望能打回长安、洛阳去，但是渐渐发现原来朝廷根本没有斗志，顿时心灰意冷。但是他很快调整了自己的情绪，就像在这首诗里面写的那样，“矮纸斜行闲作草，晴窗细乳戏分茶”，悠闲地生活，等到清明时回家去，“眼不见为净”。这是他年老时才明白的人生哲学，年轻时的激愤和不平渐渐被岁月抚平，人生有时候就是要接受一些不如意吧。

## 有约不来过夜半——赵师秀《有约》

### 有约

赵师秀

黄梅时节[1]家家雨，青草池塘处处蛙。

有约不来过夜半，闲敲棋子落灯花[2]。

①黄梅时节：农历四五月间，江南梅子黄时，大都是阴雨连连的时候，所以“黄梅时节”表示江南雨季。②落灯花：油灯的灯芯烧久后就会像烟灰一样掉落，如同一朵闪亮的小花。

黄梅时节，家家户户都被笼罩在雨中。长满青草的池塘边，蛙鸣阵阵。本来约了人，但是他到半夜了还没有来，我闲来无事敲着棋子，震落了油灯里静静燃烧的点点花火。

### 独处之美

南宋诗人赵师秀传世的诗作为数不多，但这一首却是妇孺口能成诵的，就因为他写出了一个人等待朋友时的无聊和孤独。“有约不来过夜半，闲敲棋子落灯花”，该是怀着怎样的心境在等待好朋友过来促膝长谈，竟然等到了半夜。可是有约不来，怎么打发时间呢？那就自己和自己下棋吧。这时镜头一转，转向了瞬间明灭的灯花。这是一个人独处时的一张侧影照片，记录了一个寻常夜晚，一份等待的心境。

◎ 写作指导

东方人和西方人的不同就在于，东方人不爱直接表达爱憎，而要婉转地说明。这首诗中，诗人明明等待得很焦急，听到了雨声和蛙鸣，自然难以平静下来，但是他却不写焦躁，只写自己“闲敲棋子”，看上去漫不经心，读起来却能想到他的真实心境，让人不禁莞尔。隐藏一点情绪在彼端，让行动来说明问题。

◎ 智慧点拨

每一个人都应该给自己留一份独处的空间，或者像丘为在《寻西山隐者不遇》中说的那样，“兴尽方下山，何必待之子”；或者，想一想自己的生活，反省自己能不能体会“不以物喜，不以己悲”的境界。独处，让人生更加宁静而饱满。

## 万紫千红总是春——朱熹《春日》

### 春日

朱熹

胜日①寻芳泗水②滨，无边光景一时新。
等闲③识得东风面，万紫千红总是春。

①胜日：天气晴朗的好日子。②泗水：河名，在山东省。③等闲：平常，轻易。等闲识得是指容易识别。

一个春光明媚的日子，我来到泗水边观花赏草，天地似乎在春天都换了新颜。放眼一望，便可以看出东风吹过的痕迹，到处都是万紫千红的花朵，到处是美好的春天。

### 东风之美

这是一首游春之作，“等闲识得东风面，万紫千红总是春。”只要有东风吹过的地方，就能看出春天的气象，为什么东风就是春天呢？我们常说春风是春天的使者，暖风一吹，枝条发芽，花儿盛开，所以春风走过之处，便是春意盎然的美景了。很多人写春天都写花开万紫千红，但是朱熹却提到“东风面”，这是别出心裁的一笔。

◎ 写作指导

朱熹的这首诗最妙之处，就在于他归功于“东风”，如果东风不来，柳絮不飞，便没有万紫千红。写一件事的时候，如果想要做到深入，就要懂得思考。为什么会有这样的现象？为什么会导致某一种结果？如果能将笔力放在分析原因上，像魏徵写的《谏太宗十思疏》，层层分析一个明君应有的作为，才能使文章读起来气壮山河。

◎ 智慧点拨

这首诗有特殊的背景。泗水之滨，是被金人侵占的大宋土地，朱熹身在江南，当然不可能在沦陷区游春吟赏。这里的“泗水”，暗指曾在洙、泗之间弦歌讲学的孔子，“寻芳”也就是寻求圣人之道。“万紫千红”比喻儒学的兴盛。就算在艰苦的环境中，诗人也没有忘记宣扬自己的理想和信仰，并且坚信不疑，这样的气节让人敬佩。

## 一枝红杏出墙来——叶绍翁《游园不值》

### 游园不值

叶绍翁

应怜屐齿[1]印苍苔，小扣柴扉[2]久不开。

春色满园关不住，一枝红杏出墙来。

①屐齿：木鞋的跟儿。②柴扉：用木柴做的门。

可能园子主人怕木屐齿踩坏了他园子里的苍苔吧，所以我轻敲了半天柴门，也不见有人打开。好在满园的美丽春色想关也关不住，你看，一枝红色杏花已经悄悄地探出墙外来报信了。

## 自娱之美

古时候的花园都是私家园林，而且不是人人都有，所以要看一看园艺作品，还得经过园子主人的同意才行。叶绍翁可能不那么幸运，碰上了一个小气的主人，不愿意接待他，可是这不要紧，因为“春色满园关不住，一枝红杏出墙来”。这时吃了闭门羹的诗人，还暗自高兴窥见了一枝红杏呢。可以想见，诗人多么乐观和幽默，拿自己开开玩笑，生活更有情趣。

### ◎ 写作指导

幽默是生活的佐料，幽默也是文章的佐料。本来游园不值是一件很扫兴的事情，但诗人突然看到了一枝出墙的红杏，就转悲为喜了。我们在构思文章的时候，也不妨给故事中添加一点幽默的情节，苏东坡有很多读完让人捧腹的故事，因而后人更加喜欢他，我们也可以在文章中幽他一默，开点俏皮的小玩笑。

### ◎ 智慧点拨

人生不如意之事十有八九，想要过得快乐，就要学会换一个角度来看待事情，将不顺心变成顺心。叶绍翁是南宋的“江湖诗人”，他生活虽然不富贵，但也能自得其乐，如果天天拿自己和显贵们比吃穿，光是游园不值就能让他郁闷几天了。他知道，郁闷不能代替春色，看到一枝红杏也是好的，谁能锁住一颗快乐的心呢？

## 小荷才露尖尖角——杨万里《小池》

### 小池

杨万里

泉眼无声惜细流，树阴照水爱晴柔①。

小荷才露尖尖角②，早有蜻蜓立上头。

①晴柔：晴天里柔和的风光。②尖尖角：还没有展开的嫩荷花的尖端。

泉眼像是在爱惜自己的泉水一样，流出涓涓细水，水面上有绿树的倒影，这样柔和的阳光真让人喜欢。池塘里的荷花才羞答答地露出了一个花苞，迫不及待的蜻蜓就已经立在上面了。

### 野趣之美

杨万里的这首诗非常浅显，不像那些包含着政治寓意或者人生道理的诗作，读来轻松流畅。“小荷才露尖尖角，早有蜻蜓立上头”，似乎蜻蜓比人还要急切地看到荷花，所以在小荷还只是“尖尖角”的时候，就已经等在上面了。恐怕不是蜻蜓着急，而是诗人自己急于看到满池的荷花吧。读完这首诗，我们似乎看到了一个初夏的晴好天气中，有蜻蜓立于荷花花苞的情景，这是多么令人愉悦的自然风光。

### ◎ 写作指导

虽然我们佩服诗人笔下“千里冰封，万里雪飘”的大场景，但是对于初学者来说，很难把握大场景的神韵，不如从小场景中寻找亮点。就像杨万里的这首《小池》，本来初夏时光有很多可写之处，但是他选择了一只蜻蜓立于荷花之端的场景，这样既表现了初夏已至，又生动而富有情趣，让人读来可以有具体的想象。一叶可以知秋，把握好一只蜻蜓，也就把握住了夏天。

◎ 智慧点拨

最美的景色不一定是万紫千红的春光，杨万里的《小池》也是古往今来的画家争相描绘的一景。人生也不一定要有很大的辉煌和成就，即使不是政治家、尖端科学的研究者，做一个普普通通但是勤劳正直的小人物，也能感受到人生的美好之处。不论是看景色还是看人生，不用求全求大，只要恰到好处就足够了。

# 卷二

# 秋冬之韵

## 我言秋日胜春朝——刘禹锡《秋词·其一》

### 秋词·其一

刘禹锡

自古逢秋悲寂寥①，我言秋日胜春朝。

晴空一鹤排云上，便引诗情到碧霄②。

①寂寥：寂寞萧条。②碧霄：碧绿的云霄，也就是天空。

从古至今，人们提到秋天总是感到悲凉和寂寞，但是要我说秋天比春天还好呢。你看那晴空中仙鹤高高地飞在云上，我的诗意都被它们带上了云霄。

### 乐观之美

自屈原之后，宋玉悲秋以来，诗人都觉得秋天是一个凋零衰败的季节，因此常有悲秋的诗作问世。但是刘禹锡却不同以往的人，他说秋天比春天更好，其实也没有特别地说明秋天怎么个好法，“晴空一鹤排云上，便引诗情到碧霄”，一只仙鹤就能让他高兴起来，因为刘禹锡有一颗乐观豁达的心。他的头脑中不是凋落的黄叶，而是一个天高云淡、秋高气爽的天空。这样的心胸宽度，怎么会为了自然更迭而悲悲戚戚呢？

### ◎ 写作指导

刘禹锡是一个独树一帜的人，众人都说的，他偏不说，众人都怕的，他又偏爱说。他年老体迈时，曾与白居易相约登高塔，得意扬扬地唱着：“步步相携不觉难，九层云外倚阑干。忽然语笑半天上，无限游人举眼看。”站在塔顶上大声说笑以此为乐。因此，刘禹锡就成了晚唐一个别具一格的诗人，留下了像《陋室铭》这样的好文章和好诗句。将自己的性格贯穿到文章当中，让人读来如见其人，这样的写作才是在用生命写作。

◎ 智慧点拨

很多自信的人都是幸运儿，而且越是幸运，越能助长一个人的信心。刘禹锡不是这样的人，写这首诗的时候，是春风得意的他突然被贬黜后，一般人遇到这种情况肯定会长吁短叹，为自己的命运多舛而伤心，但刘禹锡照样写诗作赋，而且还比以往更潇洒。越是在这样的时刻，越是能说明一个人的内心是否坚强，是否为外物左右。只有真正自信的人，才能看淡一时的失意，坚信人生的美好在于自己。

## 明月松间照——王维《山居秋暝》

### 山居秋暝[1]

王维

空山新雨后，天气晚来秋。
明月松间照，清泉石上流。
竹喧归浣女[2]，莲动下渔舟。
随意春芳歇[3]，王孙[4]自可留。

①秋暝：秋天的傍晚。暝，日落，黄昏。②竹喧：指竹林间的喧笑声。浣（huàn）女：洗衣服的女子。③春芳歇：春天的花草都已凋谢。④王孙：指诗人自己。

一场秋雨过后，原本人迹罕至的深山分外凉爽，傍晚时秋意更浓。夜空中，皎洁的月光透过松枝洒向大地，清澈的泉水从石上悄悄流过。竹林中传来阵阵喧闹，那是洗衣姑娘们收工回家的笑声；水面上荷叶频频摇动，一艘渔船划破了荷塘月色。春花春草都已开败凋零，我且留在山中，欣赏秋景的美吧。

## 禅意之美

王维是唐朝的一位诗人，同时也是一个画家。人说他的诗是“诗中有画”，他的画则是“画中有诗”。“明月松间照，清泉石上流”，一句短诗勾勒出了秋天的黄昏，明月、松林、清泉、溪石，组合成了一幅别具禅意的山水田园画，也展现了诗人宁静的内心和悟禅的境界。只有真正敏锐而深刻的人，才能捕捉到大自然这样一个美好的瞬间。

### ◎ 写作指导

写诗的手法和作文的手法一样，不外乎对比、比喻、夸张等。但是实际操作中，不同景色该用不同手法来描述。这首诗一动一静，动静结合。静的是明月松间、清泉石上，动的是竹喧浣女、莲动渔舟。但是从整体上来讲，这动中还有一股恬静的力量，整首诗还是平和的。动静相宜，但也有所侧重。

### ◎ 智慧点拨

生活中不缺少美，而是缺少发现美的眼睛。同样是住在深山中，耐不住寂寞的人只会觉得百无聊赖；王维却看出了乡下生活的美好，因为他心中本有一副美好的眼镜，透过这副眼镜看世界，世界也是美好的。不要抱怨我们没有遇到美景，先想一想自己是否用心去体会了。

## 霜叶红于二月花——杜牧《山行》

### 山行

杜牧

远上寒山①石径斜②，白云生处有人家。

停车坐③爱枫林晚，霜叶红于二月花。

①寒山：指深秋时候的山。②径：小路。斜：读 xiá。③坐：因为，由于。

沿着弯弯曲曲的石子小路往山上走了很远，没有想到在白云缭绕的深处，居然还有人家。停下马车，是因为我太喜爱这深秋的枫林晚景了，被霜冻过的枫叶比二月的鲜花还要红艳。

### 霜叶之美

试想，一个深秋的早晨，出门看见的尽是打了霜的落叶，狼狈地铺满了小路。天气的凉意已经让人忍不住搓手跺脚了，这时还要去远足，看一看深山的景色。原本没有做什么打算，没有想到看到了火红的霜叶，在寒风中怒放，简直比春天的花还热烈，这样的美景怎能不令人惊叹“停车坐爱枫林晚，霜叶红于二月花”。

◎ 写作指导

杜牧的《山行》像一个亮剑的侠客，原本彬彬有礼，突然寒光一闪亮出宝剑，让人惊诧。山行所见本来最有趣的是枫叶，但他留在了最后，前面做漫不经心的描写，后来提到枫林，“红于二月花”是最高潮，也是结尾处。就像海顿的《惊愕交响曲》一样，让人印象深刻。我们写作文的时候，先藏好自己要说的东西，然后在平淡之中扭转话锋，在最高潮的时候戛然而止。不过这种手法比较适合记事的文章。

◎ 智慧点拨

寒霜是深秋的利器，会将很多娇弱的草木折损。枫叶却不害怕风霜，越是在寒冷的时候，它红得越鲜艳。有人称赞菊花“不是花中偏爱菊，此花开尽更无花”，这实在是因为他不畏严寒的品格让人敬佩。司马迁为李陵辩护，岳飞坚持抗金，这样的英雄也正是拥有菊花和霜叶一样高贵的品质，才让后人念念不忘。

## 天阶夜色凉如水——杜牧《秋夕》

### 秋夕①

杜牧

银烛②秋光冷画屏，轻罗小扇扑流萤③。

天阶④夜色凉如水，卧看牵牛织女星。

①秋夕：指七夕，农历七月七日。②银烛：银白色的蜡烛。③轻罗小扇：用一种很薄的丝织品做成的小扇子。流萤：飞动的萤火虫。④天阶：即皇宫的石阶。

空旷的深宫之中，只有烛光和月色冷冷地打在考究的屏风上，一个守夜的宫女轻举罗扇，追赶着飞舞的流萤打发时光。夜色如水，寒意逼人，那玩耍的姑娘停下来，独自坐在石阶上看牵牛和织女双星出了神。

### 凄凉之美

七月七日，是天上的牛郎和织女相会的日子，地上的情人也该在这一天重逢。但是在后宫之中，只有“银烛秋光冷画屏，轻罗小扇扑流萤”的生活，寒秋气氛衬出主人公内心的孤凄。侯门深似海，出入不由人，正值青春年华的宫女只得扑萤打发时光、排遣愁绪。玩闹倦了坐下，举头一望是牛郎星织女星在闪耀，不禁更让人觉得孤独。这样一个孤独的宫女，打发着自己的人生时光，读来让人怜惜。

◎ 写作指导

编写《唐诗三百首》的蘅塘退士评这首诗：“只‘卧看’两字，逗出情思，便通身灵动。”意思是说，“卧看”两个字，写的是她看着牛郎星织女星出神，我们也就能猜到这个寂寞宫女的心事了。写人写事，并不一定要完全直白，“他觉得很孤独”“很伤心”这样的话不灵动，如果写“他听着《高山流水》”，或者是“他瘫坐在地上”，这样的动作就能流露出人物的心境，而且更加具体，让人可以想象。

◎ 智慧点拨

古时候的女子一旦得到皇帝的青睐，就会“鸡犬飞升”，因此有很多人正当妙龄，就被送到后宫。但是杜牧笔下的宫女，是这样凄楚可怜，她们就算拿着最美的扇子，用最好的布料缝制衣裳，也不能排遣心中的孤独。幸福与生活的环境好坏关系不大，破陋的茅草房，只要有一个相亲相爱的家庭，就是最好的住处。不要羡慕那些看起来很光鲜的人，也不要因为物质上的得失而忽略了亲人的关爱。

## 风雪夜归人——刘长卿《逢雪宿芙蓉山主人》

### 逢雪宿芙蓉山主人

刘长卿

日暮苍山①远，天寒白屋②贫。

柴门闻犬吠，风雪夜归人。

①苍山：青山。②白屋：贫家的住所。房顶用白茅覆盖，不加油漆的木板房也叫白屋。

黄昏日落时，青山看起来更加遥远了。天一冷起来，茅草屋子也就露出了窘境。在这样的夜里，突然听见门外有狗在叫，不多时，柴门打开，一个人带着满身风雪回来了。

### 冲淡之美

这首诗只有短短二十字，其中却包含了日暮、苍山、天寒、白屋、柴门、犬吠、风雪、夜归人这样八个画面，就像小短片一样，为我们展现了一个冬夜的故事。在这密集的布景之中，却有一种冲淡的意境：路途遥远，茅屋贫贱，这是修道士一样的生活；大雪之夜，寒风怒号，这是一个适合休憩的天气。在这样的情境中，“柴门闻犬吠，风雪夜归人”。归来的这个人其实就是诗人自己，他可以拍落身上的积雪，享受一段安顿而清苦的时光了。

◎ 写作指导

一个匆忙赶路的人，远远望见山里面的灯火，到他进入茅屋安顿就寝，这中间有一段时间，足够用来描写沿途所见或者茅屋中的设施，但诗人跳过了这段时间，略去走的情节，让诗格外精炼，节奏也更加紧凑。我们都说文章要顺畅，但是平铺直叙有时候就会像流水账，没有设计感。省略掉不重要的部分，剪掉多余的枝叶，这样的文章在尺幅中显出变化，给人以平地现奇峰的新鲜感。

◎ 智慧点拨

诗人刘长卿先后两次被流放到当时称为“瘴疠之地”的湘楚，他将自己比作同样被流放的屈原，于是写下“独余湘水上，千载闻离骚”的诗句。但是屈原最终是一个悲剧，对于刘长卿来说，他宁愿活下去，活在一个阔远、苍茫、绝寂的背景中，做一个“风雪夜归人”。其实，从古至今，关于理想和现实的挣扎，从来就没有停止过，但真正的勇者，选择了追求梦想、勇敢地生活下去。

## 独钓寒江雪——柳宗元《江雪》

### 江雪

柳宗元

千山鸟飞绝①，万径人踪灭。

孤舟蓑笠翁②，独钓寒江雪。

①飞绝：飞鸟绝迹。②蓑笠翁：披蓑衣、戴笠帽的老渔翁。

放眼望去，千重山都看不见一只鸟，万里路也找不到一个足迹。只有一个披着蓑衣、头戴斗笠的老渔翁，独自坐在江畔垂钓，似乎是在钓江上的雪花。

### 孤高之美

柳宗元的这首《江雪》，是历来写冬景的绝唱，因为只有他将寒冬的孤独写到了极致，也只有他将个人精神上的孤高写到了极致。

“千山鸟飞绝，万径人踪灭”，“千山”“万径”，凡是目光能够看到的，都囊括在其中；“绝”与“灭”，似乎是断了人所有的念想，走进了一个无声无息的世界。但是在这样安静得可怕的世界里，仔细寻找，却看到这样一幕：“孤舟蓑笠翁，独钓寒江雪。”整个世界都只剩下白雪，可是他还要垂钓，而且不是为捕鱼，而是在享受一个人的乐趣，这个蓑笠翁多么坚持，他不在乎寒冷，不在乎孤寂，什么都无所谓，就在这浩渺的白雪世界中自乐。这是一种精神上的孤高，是文人骨子里对抗世俗的代表。

◎ 写作指导

如果把柳宗元比喻成一个导演，那么他在极尽远距离地描写寒冬的山水，给观众留下宏大的背景印象之后，将镜头定格在一个小点上，慢慢拉近，呈现在眼前的是一个孤高的渔翁。精雕细琢和极度的夸张概括，交织统一在一首诗里，是这首山水小诗独有的风格，也是我们写短文时不错的模板。大背景，小细节，有精致，也有大境界。

◎ 智慧点拨

这首诗写于柳宗元被贬至永州时。我们知道他还写了一篇文章，说“永州之野产异蛇”，那里生灵涂炭，人们愿意冒死去抓蛇，只为了躲避赋税讨一口饭吃。身为父母官的柳宗元怎能看得下去，但是他已经被排挤在政治中心之外，无能为力。这时，他感到前所未有的孤独。在孤独的深谷中，他宁愿独自承受保持高傲所要付出的代价，也始终没有低头。这样的气节，让他的诗文更加有价值。很多人都面临着无力改变现实的困境，有的人放弃了原则，得过且过，但是高贵的灵魂是不会妥协的，他们会坚持到最后，让后人看到希望。

## 芳草无情，更在斜阳外
### ——范仲淹《苏幕遮·碧云天》

### 苏幕遮·碧云天

范仲淹

碧云天，黄叶地，秋色连波，波上寒烟翠。
山映斜阳天接水，芳草无情，更在斜阳外。
黯乡魂①，追旅思②，夜夜除非，好梦留人睡。
明月楼高休独倚，酒入愁肠，化作相思泪。

①黯乡魂：用江淹《别赋》“黯然销魂”语。黯，形容心情忧郁。
②追旅思：纠结于羁旅之情。追，追随，可以引申为纠缠。旅思，羁旅之思。

满天白云，遍地黄叶，秋天的景色染进了江波，水波上也笼罩了一片苍翠的烟雾。在夕阳的映照下，天与水似乎连接到了一起，无情的芳草，像是与这景致无关。

在他乡黯然神伤的心灵，一直在旅途中思念家乡，只有指望夜夜有好梦，才能睡得安稳一点。明月高照时，千万不要独自倚楼眺望。借酒消愁，酒水都化作了思念的眼泪。

### 无情之美

碧绿的蓝天，枯黄的落叶，苍翠的寒烟与波光粼粼的江水，组合成了一幅色彩斑斓的秋景图。“碧云天，黄叶地”，这两句又被后来的王实甫借用到了《西厢记》中。词人眼中的多彩之秋并不是一个欢欣的日子，从“无情”两字，就略略可以体会到忧伤的心境了。古诗十九首中有“青青河畔草，绵绵思远道”；李煜说“离恨恰如草，更行更远还生”。“草”是长亭送别不可或缺的布景，这里范仲淹埋怨“芳草无情”，正可见是他太多情，太重情。

◎ 写作指导

这首词上片写秋景，下片抒发思乡之情，情与景交融，构成了一幅格外孤独的图画。“黯乡魂”“愁肠”“相思泪”，这些直接表达情感的字眼，就像是一粒粒珍珠。而上片所造的景致，则是这些珍珠下面的天鹅绒，让珍珠看起来更加闪亮。借景抒情，需要情与景的配合，一般来说，春景是生命和希望，夏景是成长和幽深，秋景是凋零和离别，冬景是禅意和沉思。

◎ 智慧点拨

同样是写秋景，但与前面的《渔家傲》相比，这首《苏幕遮》温柔而凄恻，似乎少了男儿征战的大气。其实不然。范仲淹固然是一个“先天下之忧而忧，后天下之乐而乐”的大丈夫，一个“不破楼兰终不还”的将军，但他也是一个有家室，有个人情绪的普通人。作为英雄的范仲淹让人敬佩，作为普通人的范仲淹让人理解。

## 浊酒一杯家万里
## ——范仲淹《渔家傲·塞下秋来风景异》

### 渔家傲·塞下秋来风景异

范仲淹

塞下秋来风景异，衡阳雁去①无留意。

四面边声连角起②，千嶂③里，长烟落日孤城闭。

浊酒一杯家万里，燕然未勒④归无计。

羌管悠悠霜满地，人不寐，将军白发征夫泪。

①衡阳雁去：湖南衡阳南有回雁峰，相传雁飞到这里便不再南飞。②边声：马嘶风号之类的边地荒寒肃杀之声。角：军中的号角。③嶂：像屏障一样并列的山峰。④燕然未勒：指边患未平、功业未成。燕然，燕然山，也就是今天的蒙古国杭爱山。勒，刻石记功。东汉窦宪追击北匈奴，出塞三千余里，至燕然山刻石记功后还。

边塞的秋景与中原很不相同，大雁都飞衡阳去了，没有停留的意思。四周的声音都随着军号的声音响起，连绵的群山之中，只有军营的青烟、昏昏沉沉的夕阳和大门紧闭的孤城一座。且喝一杯浑浊的酒，在昏然中想想万里之遥的家乡吧。边患未平，我们是不能回家的。听着羌笛的悠悠音乐，屋外是厚厚的秋霜，没有人能够入睡，将军愁白了头，应征入伍的士兵们则暗自抹眼泪。

## 塞外之美

欧阳修称赞范仲淹的《渔家傲》“绝塞外之词”，意思是说，读了这一首词后，其他别的塞外诗词就不用再读了，因为他认为这一首是最好的。范仲淹首先是说塞外风光绝对不等同于中原或者江南的景色，怎样不同呢？“四面边声连角起，千嶂里，长烟落日孤城闭”，有军营的号角声，让塞外显得肃杀；有连绵的群山，让塞外显得辽阔；又有长烟落日，让塞外显得人迹罕至，似乎到了天的尽头；还有孤城，这是一座关系到宋朝江山的城，是军事要塞，它的紧张氛围也就不言自明了。从这一句词中，一幅凄清而又危险的塞外景色就渐渐浮出画面了。

【写作技巧】

诗词要让人浮想联翩，其中就要包含大量的信息。但是篇幅有限，怎样才能做到言简意赅呢？那就是用典。历史典故中包含有很多丰富的信息，黍栗之悲、司马昭之心等等，已经有约定俗成的用法了。范仲淹的“燕然未勒”，就表达出功业未建与失地之耻的双重含义。古人多读古书，也是为了知道典故并且能用典故。我们在文章中用一些典故，不仅能让人看出作者的学识，也是驾驭文字能力的体现。

◎ 智慧点拨

战争是一场没有胜者的争斗，双方都会牺牲子民、践踏土地。在古代，一场战争将会毁掉几代人的基业，因此要打仗是慎之又慎的事情。但是当我们的土地遭到侵犯的时候，绝对不能退缩和委曲求全，因为那样终有一天会丧失全部国土，人民的自信心和国家尊严也将不再。当年汉朝大将陈汤说“明犯强汉者，虽远必诛”，就是这样的将军气概，支撑着一代又一代的中国人坚持抵御外侮，其中就有范仲淹。

## 三秋桂子，十里荷花——柳永《望海潮·东南形胜》

### 望海潮·东南形胜

柳永

东南形胜，三吴[①]都会，钱塘自古繁华。烟柳画桥，风帘翠幕，参差十万人家。云树绕堤沙，怒涛卷霜雪，天堑[②]无涯。市列珠玑，户盈罗绮，竞豪奢。

重湖叠巘[③]清嘉，有三秋桂子，十里荷花。羌管弄晴，菱歌泛夜，嬉嬉钓叟莲娃。千骑拥高牙[④]，乘醉听箫鼓，吟赏烟霞。异日图将好景，归去凤池夸。

①三吴：旧指吴兴、吴郡、会稽。②天堑（qiàn）：这里指的是天然而成的钱塘江。③巘（yǎn）：山峰。④高牙：牙旗。将师所建，因其高故名。这里指高官。

钱塘杭州位于东南，地势重要，景色优美，又有三吴的历史，因此这里自古以来就十分繁华。如烟的柳树、彩绘的桥梁，挡风的垂帘、翠绿的帐幕，参差的楼阁，约有十万户人家。枝叶如云的树木环绕着沙堤，怒涛卷起霜雪一样的浪花，钱塘江绵延无边。集市上陈列着珠玉珍宝，家家都是绫罗绸缎，奢华无比。

西湖的内湖、外湖与重重叠叠的山岭清秀美丽，秋天有桂花，夏天有延绵十里的荷花。晴天羌管奏乐，夜晚采菱唱歌，渔翁和采莲的姑娘们都喜笑颜开。被上千骑兵簇拥着的长官，乘醉在箫声鼓点中，吟唱着烟霞风光。他日将这美景画好，回京升官时还能向人们夸耀一番呢。

## 堆砌之美

“烟柳画桥”，写的是街巷河桥；“风帘翠幕”，写的是居民住宅；“参差十万人家”，“参差”是大约，放眼一望，大约有十万住户，这是多么兴旺的城市；钱塘江堤上，行行树木，远远望去，郁郁苍苍犹如云雾；“怒涛”写钱塘江水的澎湃与浩荡，“天堑”写钱塘潮的奇观，景色远不止这些，还有“有三秋桂子，十里荷花”。集市上都是“珠玑”和“罗绮”，市场的繁荣与生活的富足不一而足，也写出了杭城声色之盛。肆间商品琳琅满目，商人“竞豪奢”，杭州的奢靡与安逸就在这些华丽辞藻的雕琢中凸显了出来。

## ◎ 写作指导

柳永的词是宋代词作的最高峰，这一首《望海潮》，生动传神地写出了当时杭州之盛，让人读来不禁想要穿越时空去看一看那是怎样一个人间天堂。柳永善于铺陈，浓墨重彩地渲染钱塘是如何繁华。这样的写法在突出景致时可以借用，但是要求语言的精致和雕琢，需要有一定的文采和逻辑构思。

## ◎ 智慧点拨

柳永的词虽好，但钱塘当年的繁华不再，经历了战乱和自然变迁，读完还是不禁想起一句“生于忧患，死于安乐”。安逸的生活会令人只追求物质上的满足，渐渐丧失危机意识，相比而言，艰苦的环境更能培养一个人生存的能力。现在的生活繁华可比钱塘，柳永的词在给我们敲响警钟。

# 卷三

# 山水田园

## 采菊东篱下——陶渊明《饮酒·其五》

### 饮酒[1]其五

陶渊明

结庐在人境，而无车马喧。
问君何能尔？心远地自偏。
采菊东篱下，悠然见南山。
山气日夕佳，飞鸟相与还。
此中有真意，欲辨已忘言[2]。

①饮酒：《饮酒》共二十首，都是酒后偶然的题咏，此为其中最有名的一首。②忘言：从大自然的启示中领会到真意，不可言说。《庄子·外物》：“言者所以在意，得意而忘言。”

在人们聚居的地方生活，却没有车马的喧嚣。你问我怎样做到的，告诉你那是因为我心灵清远，周围也就自然安静了。在东篱之下采摘菊花，那远处的南山悠然映入眼帘。夕阳西落、景色正好，鸟儿结着伴儿归巢。这景象中有多少滋味要表达，但我话到嘴边，又忘记了语言。

### 半醉之美

这首诗的名字是《饮酒》，诗文中却没有一个“酒”字，仔细读来，却满嘴都是半醉的酒意。“而无车马喧”，是在说他已经忽略了身边的喧了；“心远地自偏”，这分明是微醉朦胧的景色。“采菊东篱下，悠然见南山”这两句最佳，这是喝酒时的情境，最末“欲辨已忘言”，真是达到了酒酣微醉的幻想境界了。这样一个贪爱杯中物的诗人，却是那么让人喜欢。

◎ 写作指导

这首饮酒诗含蓄流畅，虽无酒字，也无饮酒的动作，但难能可贵的是它充满了酒意。同样是抒情，常见的做法是酝酿景致，在合适的背景中抒情，陶渊明在这里是另一种尝试，他不是将情写在纸上，而是将情变成墨水，蕴含在每一个字里面。“未成曲调先有情”，就是另一种抒情方式。

◎ 智慧点拨

很多人以为不自由是因为有父母管束、老师叮嘱，还有同龄人之间的竞争，这让他们无法按照自己想要的方式生活。读完《饮酒》这首诗，你也许就能明白，自由不是别人给予的，它是一颗藏在心中的种子。只要你珍视它，告诉自己你其实是一个自由的人，不在心中设置种种藩篱，你就能品尝到自由的滋味。

## 空山不见人——王维《鹿柴》

### 鹿柴①

王维

空山不见人，但闻人语响。
返景入深林，复照青苔上。

①鹿柴（zhài）：地名，在今天的陕西省蓝田县终南山下。王维曾在这里建有别墅。柴，通“寨”，是用于防守的栅栏、篱笆等。

空阔的终南山中看不到一个人影，但是能听到隐隐约约的说话声。夕阳的余晖洒向寂静的树林，投影在湿润的青苔之上。

### 空山之美

王维似乎特别喜欢用“空山”这个词，在《山居秋暝》中有“空山新雨后，天气晚来秋”的诗句，这是侧重表现雨后秋山的空明洁净；《鸟鸣涧》中有“人闲桂花落，夜静春山空”，重在表现夜间春山的宁静安详；而这首诗中的“空山不见人”，则在说山的空寂清冷。但是紧接又说有人语响，似乎是破“寂”的，却反衬出山林长久的空寂。“空山不见人，但闻人语响”，人声一落，山林又复归了寂静，而且更加深沉了。

### ◎ 写作指导

“蝉噪林逾静，鸟鸣山更幽”，写一时的热闹，更能衬托出长久的寂寞；写一时的极度快乐，更能体现出欢乐过后的寂寥；写一时的辉煌，更能体现出落寞之后的颓唐。将本来要说的事情掩盖起来，却说完全相反的事物，在表现力上更能体现出惊人效果。

### ◎ 智慧点拨

王维是诗人兼画家，同时还是一个音乐家，《鹿柴》这首诗正体现出诗、画与旋律上的结合。他眼中所见的是有声的静寂、有光的幽暗、空山人语响的瞬间和光影返照入青苔的刹那，这些只有对大自然细致观察、潜心默会才能看到。我们佩服诗人的才华，更佩服他钻研的精神。

## 江清月近人——孟浩然《宿建德江》

### 宿建德江[1]

孟浩然

移舟泊烟渚[2]，日暮客[3]愁新。

野旷天低树[4]，江清月近人。

①建德江：指新安江流经建德市的一段，在今浙江境内。②烟渚：指笼罩在烟雾下的江中陆地。③客：指诗人自己。④野旷：原野空旷。天低树：天比树还低。

黄昏时将船停靠在烟雾缭绕的沙洲上，日落黄昏时，一段羁旅之愁涌上了心头。远处的旷野使天空显得比身边的树还低矮，江上倒映着月亮，似乎就在舟中人的身旁。

## 清冷之美

孟浩然的山水田园诗有一种清冷宁静的感觉。他《宿建德江》中的船夫，不仅思乡情切，更是倍感孤独和凄清。在烟雾弥漫的江心小岛上停泊，四面环水，远离尘嚣；在这样的环境中，平添一段乡愁，而且是新愁压旧愁。“野旷天低树，江清月近人”，遥远的天空似乎也低垂了，但是更远的月亮似乎离人更近了。远与近，高与矮，在这薄雾冥冥中变得不确定起来，这是孟浩然的清冷之美。

### ◎ 写作指导

“天低树”“月近人”，这些都是并不存在的事情，虽然有违自然规律，但在作者的笔下却显得很正常，这是因为他此时的心境，并不是像科学家研究天文地理一样客观科学，他内心忧郁，看任何事物都蒙上了自己的感情色彩。因此，当我们读到他所写的景色时，也就能感受到作者内心是何种颜色了。将感情隐藏在写景中，这样的景色更有个性。

### ◎ 智慧点拨

孟浩然所在的唐朝，是历史上最繁荣的时期之一。那时候知识分子只要有能力，就能谋得一官半职，并且他们没有亡国之忧，又受到社会的尊重。所以这一时期的文人很轻松而又任性。相比晚唐的诗人，他们是幸福的。在这样的环境中，涌现出了很多优秀的诗人、画家、书法家。一个国家只有安定和谐，才能得到艺术上的复兴。

## 孤云独去闲——李白《独坐敬亭山》

### 独坐敬亭山①

李白

众鸟高飞尽，孤云独去闲。
相看两不厌，只有敬亭山。

①敬亭山：敬亭山在宣州，今安徽省宣城市。

天空中高翔的鸟儿现在都回家了，一朵白云悠闲地渐行渐远。只有我和敬亭山还留在原地，怎么看着彼此都看不够。

### 浪漫之美

李白被称为“诗仙”，他最大的特点就是浪漫。在这一首诗中，他先是写鸟儿们都飞走了，连最后一片白云也离他而去，将自己放在一个孤独无援的境地中，然后说：“相看两不厌，只有敬亭山。”这时的敬亭山像一个忠实的好朋友，它和李白相互喜欢，两个人就这样面对面坐着，看得津津有味。这是一种单纯的浪漫，也是一种潇洒的浪漫。

◎ 写作指导

《独坐敬亭山》的前两句写了诗人的孤独感，这是一种被抛弃、被遗忘的孤独，后两句却说，自己并不是孤独的，还有敬亭山陪伴自己，而且用了“两不厌”，其中又有一种得意之情。在最孤独的时候感受到的友情是最珍贵的，在最困难的时候得到的帮助是最温馨的。让人感受自己想要表达的难能可贵的东西，就将这种东西先置于它最需要出现的时刻。

◎ 智慧点拨

这首诗是李白在外漂泊了十年、游历宣州时所写。生活的不如意使他倍感孤独，但是他又不愿为了多一些所谓的朋友而改变自己，于是，就将敬亭山当作自己的知音，在独坐敬亭山中得到安慰。李白之所以为李白，正是因为他宁愿看着敬亭山，也不愿意在人群中违背内心，一个人的灵魂不能欺骗自我，必须要面对真实。

## 飞流直下三千尺——李白《望庐山瀑布》

### 望庐山瀑布

李白

日照香炉生紫烟，遥看瀑布挂前川。

飞流直下三千尺，疑是银河落九天①。

①银河：天河。九天：天空的最高层。古代传说天有九重，最高的一层称为九天。

在阳光的照耀下，庐山香炉峰上的云雾变成了紫色。远远就看见一道瀑布如白练一般挂在山前。飞腾直落的瀑布好像有几千尺，让人恍惚觉得是银河从九天泻落。

### 昂扬之美

李白的浪漫有温馨的、调皮的，而在这里是昂扬的。整首诗都体现出一种昂扬的气势，特别是“飞流直下三千尺，疑是银河落九天”这两句，“飞流直下”是瀑布奔流的气势，“三千尺”则是它给人的直观印象。张九龄在《湖口望庐山瀑布水》中也说“万丈红泉落，迢迢半紫氛”，但是他的意境不如这一首的直观、凝练。结尾一句，将瀑布比作落入凡间的银河，让瀑布在壮观之外，多了一层神秘和深邃。

◎ 写作指导

这首诗有一个流畅的观察顺序。先是从遥远的地方看到香炉峰上紫气缭绕；接着看到了一条白绢一样的瀑布全貌；随着观察者的走进，瀑布的壮丽气势直逼眼前，陶醉于壮丽的瀑布之中，他的想象也被勾起来了。在这个过程中，读者也似乎见到了香炉峰上的瀑布，诗人就像一位导游。写景的时候要把握好入手的顺序，由远及近或者由近及远都可以。

◎ 智慧点拨

开元十三年（725），李白游览庐山时，创作了这首诗。庐山的风景直到现在仍旧引人入胜，人们想到对瀑布的形容时，也总会想起李白的名句来，因为他在对壮丽景观的描绘中，还展现出了开阔的胸襟与昂扬的气势，这样的人格之美，令人羡慕、追忆。生命有限，但是真的存在永恒的灵魂之美。

## 荷叶罗裙一色裁——王昌龄《采莲曲》

### 采莲曲

王昌龄

荷叶罗裙一色裁，芙蓉向脸两边开。
乱入[1]池中看不见，闻歌始觉有人来。

①乱入：指采荷女子在荷花池中。

荷叶与采莲姑娘的罗裙似乎是用同样的布料裁剪出来的一样，小船在荷花池中行驶，清雅的荷花分向两旁，映着姑娘们的笑脸。突然池塘里只剩下花与叶，听到姑娘们的歌声，才知道她们已经走近了。

### 少女之美

无论在什么时代，少女都是美丽的象征。王昌龄的这首《采莲曲》也不例外。她们穿着荷叶一样的罗裙，有着荷花一样的脸庞，穿梭在美丽的荷花池中，笑语盈盈，忽隐忽现。“荷叶罗裙一色裁，芙蓉向脸两边开”。这不仅是在写女子之美，还是在写她们的芳踪，她们不是停止在湖面上，芙蓉向脸两边开说明船在行驶。后来，这群少女突然消失了，一阵采莲曲响起，才得知活泼的姑娘们身在何处。少女的容貌与神态都跃然眼前。

◎ 写作指导

“芙蓉向脸两边开”不仅是比喻姑娘面如芙蓉，“两边开”还在写穿行之态。这一句中包含了丰富的信息，但是又不失凝练、简洁与优美。好文章总是有这样一两个高度概括的句子，将你认为以往写得不错的文章找出来再看，也许你会发现，有的句子还可以再锤炼。

◎ 智慧点拨

白居易说：“菱叶萦波荷飐风，荷花深处小船通。逢郎欲语低头笑，碧玉搔头落水中。”与白居易的《采莲曲》相比，王昌龄《采莲曲》中的女子更加飘忽不定，也就更加令人浮想联翩。话不一定要说尽才有味道，留一点空间来想象会更加美好，做人做事都只做八分，留两分不足，比十分要更稳固长久。

## 竹径通幽处——常建《题破山寺后禅院》

### 题破山寺后禅院

常建

清晨入古寺，初日照高林。
竹径通幽处，禅房花木深。
山光悦鸟性，潭影空人心。
万籁[1]此俱寂，但馀[2]钟磬音。

①万籁（lài）：万物发出的响声，一切声音。②馀：通“余”。

清晨闲步到古寺，朝阳照耀着树林。翠竹掩映的小路一直延伸到幽深之处，禅房的花草树木生机盎然。深山的景色令鸟儿欢乐，碧潭的光影令人心神怡然。所有的声音都已经停止，只剩下寺庙中的撞钟击磬之声。

## 古淡之美

本首诗的点睛之处在于第二联和第三联，用几个具体形象来表现古寺的幽静古淡。“竹径通幽处，禅房花木深。山光悦鸟性，潭影空人心”这两联中有翠竹、禅房、山光、潭影这四个主要的景点。苏东坡书“宁可食无肉，不可居无竹”，竹子是君子品德的象征；禅房是冥想和参禅的地方；山水则是古代文人生活不可或缺的背景。在这样的造景中，肯定是“谈笑有鸿儒，往来无白丁”。

### ◎ 写作指导

常建的这首山水诗与陶渊明的田园诗有所不同。陶渊明作田园诗是为了表现他的人格，但是从这首诗中，我们看不到诗人的人生主张，只是看到诗人尽量将句子写得美。从全诗的写作态度来看，言志不是重点，因此这一派的诗，往往有好句，但少有好的全篇。世界名著也是如此，那些道德情操高尚的作品，如《悲惨世界》《罪与罚》等，能流芳后世；那种纯粹为了表达自己文字技巧的作品，生命就会相对短暂很多。高尚的情操是一篇好文章的基础。

### ◎ 智慧点拨

这首诗中表现的那种理性的静穆，可以消解个人的悲欢离合、七情六欲，在美妙神秘的宁静世界中，感受超凡脱俗的美的境界。但是对于社会来说，我们更需要那些关心民间疾苦的诗人，需要有人敢于承担现实的痛苦，需要更多人将精力和才情用在现实生活的改造上，这也是杜甫比常建这样的诗人更加伟大的原因。

# 两山排闼送青来——王安石《书湖阴先生壁》

## 书湖阴先生壁

王安石

茅檐长扫净无苔，花木成畦[1]手自栽。
一水护田将绿绕，两山排闼[2]送青来。

①畦（qí）：垄，田间的小分区。②排闼（tà）：推开门。闼，小门。

茅草房子虽然简陋，但是每天都会打扫，因而不会长苔藓；亲手栽植的花草树木都成垄了。一条小河缠绕着翠绿的稻田，两座青山如同推开的大门，从中送来了春天。

### 田园之美

《菜根谭》中说：“贫家贱扫地，贫女贱梳头。”虽然家贫没有装饰，但是只要打扫干净收拾齐整，就会有一种美的享受。虽然是破旧的茅草房子，但要长扫无苔；有成片的花木，虽不是什么名贵的品种，但都是自己栽的。何况“一水护田将绿绕，两山排闼送青来”，这样温柔的山水，有情有义，组成了安适温馨的田园，还有什么不满足的呢？

### ◎ 写作指导

将没有生命的东西写成有生命的，将静止的东西写成运动的，原本熟悉的事物就会多一重美感。王安石的这首诗中就充分运用了这种手法，将一水与两山拟人化，赋予它们爱美的思想，构造了一个温情的田园风光。我们也可以借用这种手法来写事物，将自己本要表达的感情放到无生命的物件上，如此文章会显得更加俏皮可爱。

◎ 智慧点拨

知足常乐，是古人总结的人生智慧。每个人的出生环境不一样，有的生于富贵之家，有的则是寻常百姓。但这并不会决定你是否能感受到幸福。王安石是一朝宰相，他曾经权倾朝野，但是不修边幅，也从不谋取私利。他觉得清贫的生活也能有乐趣，就像这首诗中洋溢的对生活的满足感，不是因为他的权位，而是因为他的心里感到满足。

## 七八个星天外——辛弃疾《西江月·夜行黄沙道中》

### 西江月·夜行黄沙道中

辛弃疾

明月别枝惊鹊，清风半夜鸣蝉。
稻花香里说丰年，听取蛙声一片。
七八个星天外，两三点雨山前。
旧时茅店社林①边，路转溪桥忽见②。

①社林：古代农村有社树，是祀神处，所以称为“社林”。社，土地神庙。②见：通“现”。

乌云密布的天空突然出现月光，吓飞了树枝上的鸟儿，一阵清风带来了蝉鸣的声音。在稻花的清香里人们谈论这是丰收的年成，青蛙在稻田里欢乐地唱歌，似乎也在说这将是一个丰收的年成。在星辰若隐若现的夜下行走，雨落下了一滴两滴。从溪流上的小桥处转弯，突然，曾经熟悉的坐落在祭祀神明树林中的茅屋小店出现了。

#### 清幽之美

“明月别枝惊鹊，清风半夜鸣蝉”。风、月、蝉、鹊本是极平常的景物，然而经辛弃疾一润色，就不平常了。乌鹊飞绕在横斜突几的枝干上，初秋的月光明亮得惊醒它，“嗖”的一声，鹊儿惊飞，别枝摇曳。听惯了盛夏白天的蝉鸣，突然在凉爽的夜风中再次相遇，情感全然不同了，清风明月之中，除了虫鸣鸟叫，就只剩下了一个散步的诗人，这样的情景是何等的清幽。

◎ 写作指导

山水田园一直是文人向往的心灵归宿，不是因为他们喜欢吃苦，而是因为田园实在有很多的乐趣。辛弃疾笔下的惊鹊、鸣蝉、青蛙、茅社，有一种天然的亲切和舒适。这是因为词人内心喜欢上了这样的景致，笔下自然有浓浓的情感。当我们要写一件事情或者一个人的时候，或者是写一篇看起来很枯燥的说明文的时候，先培养我们对对方的情感，了解它、熟悉它，这样才能写出有感情的文章。

◎ 智慧点拨

辛弃疾因受奸臣排挤，被罢官旅居在江西上饶近十五年。词中所说的黄沙岭就在上饶西，这一带风景优美，也是农田水利较好的地区，辛弃疾经常来此游览，深爱着这里的良田美景。自然滋养了词人的心灵，带给他很多灵感，至今留下的黄沙岭的词有五篇。创作不是闭门造车，也不是凭空乱想。从生活的经历中提取智慧，经历是我们最珍贵的财富。

## 最喜小儿无赖——辛弃疾《清平乐·村居》

### 清平乐[①]·村居

辛弃疾

茅檐低小，溪上青青草。

醉里吴音[②]相媚好，白发谁家翁媪[③]？

大儿锄豆溪东，中儿正织鸡笼。

最喜小儿无赖[④]，溪头卧剥莲蓬。

①清平乐(yuè)：词牌名。②吴音：指吴地的地方话。③翁媪(ǎo)：老翁、老妇。④无赖：指顽皮、淘气，是爱称。

茅草房屋低矮，临着潺潺的小溪，溪边长满青草。带着几分醉意用吴地方言聊天，那白发的老翁、老妇是谁家的？大儿子在溪东豆地锄草，二儿子在家编织鸡笼，还有调皮可爱的小儿子，正卧在溪头草地上剥着莲蓬。

## 天伦之美

辛弃疾的身上，很少闪露这首词中的温情与轻松。溪边有茅屋，虽然低矮，但是风景优美；溪边有老翁和老妪，说着方言愉快地交谈。词中的三个儿子，都在忙碌着自己的活计，“大儿锄豆溪东，中儿正织鸡笼。最喜小儿无赖，溪头卧剥莲蓬”。这是多么安闲自在、温情脉脉的画面。

◎ 写作指导

这一首词没有写词人饮酒，但是读完这首词，却能体会到词人沉醉在幸福中。有明媚的风景，有各自忙碌的孩子们，词人隐身在这些画面的背后，望着这一切，内心充满了闲适的满足感。我们写文章的时候，并不一定要暴露自己的身份和位置，但是通过对周围事物的描述，读者也能体会作者的心境。这样更加含蓄、优美。

◎ 智慧点拨

家庭是每一个人的避风港，辛弃疾也不例外。看到孩子们平平安安、健健康康，家长也就心满意足了。不管你是住在高级的小区还是屋檐低矮的小楼，只要家人在一起，相互照顾，就能体会到辛弃疾所写的这种天伦之乐。

# 卷四

# 咏物言志

## 居高声自远——虞世南《蝉》

### 蝉

虞世南

垂緌[1]饮清露，流响出疏桐。

居高声自远，非是藉[2]秋风。

①緌（ruí）：古人结在下巴下的帽带下垂部分，蝉的针喙，形状与其相似。②藉：依靠，依赖。

喙形像帽子系带一样的蝉以清澈的露珠为生，鸣叫之声从疏朗的梧桐树上传出。因为它停的位置高，所以声音传得远，并非凭借秋风。

### 独立之美

虞世南的这首《蝉》是唐代最早出现的咏蝉诗，其中塑造了一个独立、清廉的蝉。“饮清露”说明它廉洁、朴素，仅仅靠清露生活；“疏桐”是蝉的生活环境，也是清幽深邃的。“居高声自远，非是藉秋风”这一句一笔概括了蝉的个性：不凭借秋风这种外物来增加声势，而是靠自己站得高、有能力。这一句被后世用来形容那些立身高洁、赢得成就的人。

◎ 写作指导

荀子在《劝学》中说：“登高而招，臂非加长也，而见者远；顺风而呼，声非加疾也，而闻者彰。”这是在赞美那些善于凭借外物、把握机遇的人，但是虞世南一反常论，赞美蝉不凭借秋风，依靠自己的实力来“声名远播”。这种赞美，不仅说明蝉高洁的品行，更是挑战我们的习惯思维，让读者感受到逆向思考的乐趣。这种写作方法的要领在于，要从我们熟悉的典故和常识入手，反其道而行。

◎ 智慧点拨

曹丕在《典论·论文》中说：“不假良史之辞，不托飞驰之势，而声名自传于后。”虞世南在这里同样强调的是人格的美和力量。虞世南本人就是一个拥有“蝉品”的人，唐太宗曾屡次称赏他的“五绝”：德行、忠直、博学、文词、书翰。虞世南也是一个居高声自远的君子，他的人格魅力让后人敬佩、效仿。学一首古诗可以增加学识，学古诗背后的精神可以完善人格。

## 一树碧无情——李商隐《蝉》

### 蝉

李商隐

本以高难饱，徒劳恨费声。
五更疏欲断，一树碧无情。
薄宦梗犹泛[①]，故园芜已平。
烦君最相警，我亦举家清。

①薄宦：小官。梗犹泛：指自己像大水中四处漂流的木偶。

蝉栖身高树、餐风饮露，自然也就时常挨饿。它在树上哀鸣不能摆脱清贫，只是徒劳。到五更天亮时，蝉鸣的声音已经稀疏得几乎要断绝了。但一树的叶子依然苍翠，丝毫没有为哀鸣而减色，这是多么冷酷无情。我官职卑下，像水中的木偶一样到处漂流，家乡田园里的杂草连成一片了，还是蝉的鸣叫最能让我警醒，因为我也一样家贫如洗。

无理之美

诗人的联想能力总是难以预料的，在这首诗中，作者将自己和蝉的遭遇相比较，通过蝉来抒发自己的心情。蝉生活清苦，固然可怜，但是他说“五更疏欲断，一树碧无情”，这就有点不讲理了。树是否碧绿，本来与蝉是否哀鸣没有关系，但作者还是责怪树兀自碧绿，不管蝉的死活。与杜甫说“感时花溅泪，恨别鸟惊心”异曲同工，诗人此时对蝉抱有深刻的同情，所以也就无理地责怪起绿树来了。

◎ 写作指导

李商隐写蝉，不是为了单纯地咏蝉，而是要说明自己的志向和遭遇。因此在第三联中，他从说蝉跳跃到说自己如漂泊的木偶，故乡也长满荒草。在结尾处点题，将自己与蝉的相似性直接说出来。同样是写蝉，李商隐的这首个人色彩更加浓厚，原因就在于他点题直接，咏物与言志结合得更紧凑。末尾点题，说明自己的用意，这样的写法可以增强文章的观点。

◎ 智慧点拨

要坚持自己的理想，就要付出一些代价。就像李商隐这样的文人，为了坚持文人的品格，不愿意随波逐流，趋炎附势。因此生活困苦，在官场上频频受挫。尽管如此，他还是要将自己的信仰坚持下去，就像这首《蝉》中流露出的感情一样，虽有淡淡的哀愁，也有一颗坚强的心。只要内心勇敢无畏，面对任何困难都可以化解，这是信仰的力量。

## 千磨万击还坚韧——郑燮《竹石》

### 竹石

郑燮

咬定青山不放松，立根原在破岩中。

千磨万击还[1]坚韧，任尔[2]东西南北风。

①还（huán）：还是。②尔：你。

绿竹咬紧青山不敢松懈，竹根在岩石中努力地立足。千万的磨难打击之下，它依然保持坚韧，不管风来自何方，都不能将它打败。

## 坚韧之美

郑燮的这首诗写的是一幅竹石画，画上本来只有竹石，但他想到了竹子坚韧的品格。首先是立根于坚硬的岩石中，生存的基础很差；其次是生活的环境恶劣，有风霜雨雪的袭击。但是，就在这样的条件中，看似柔韧的竹子还是“咬定青山不放松”，这种“千磨万击还坚韧，任尔东西南北风”的品格，令人敬佩。

◎ 写作指导

咏物诗中，通常都有强烈的诗人情感，经过诗人的加工，那些物品真的具有了某种美德。但是要注意的是，人为发挥的那些义理，一定要符合这件事物本身的特点。就像这首诗中的竹子，生长在岩石之中，依然坚忍顽强。又如，周敦颐写莲花“中通外直，不蔓不枝”，这也符合莲花的植物习性。

◎ 智慧点拨

真正的坚强不是奋不顾身地同困难争一个你死我活，而是懂得忍受一时的委屈，在伸缩之中成长、强大。很多人有勇敢的心，但不懂有时候人也需要忍耐，发泄了一时的情绪，可能葬送自己长远的前途。我们要学习竹子身上的坚韧精神，就算被风吹得几乎伏地，风停之后，还要坚强地站起来。

## 宁可枝头抱香死——郑思肖《画菊》

### 画菊

郑思肖

花开不并百花丛，独立疏篱趣未穷。

宁可枝头抱香[1]死，何曾吹落北风中。

①抱香：含着香气。

菊花开花的时候，不与其他花卉争奇斗艳，而是远离繁华，在疏落的篱笆旁绽放，这样的情操意趣无穷无尽。它宁可在枝头含着香气死去，也不愿意在风华正茂的时候，飘落在北风之中。

### 疏离之美

菊花是一种品格高洁的花，也是一种性情清高、形象疏离的花。“宁可枝头抱香死，何曾吹落北风中”。宁愿死去，也不愿意带着色香屈从于寒风，这一句体现了它的顽强、矜持。“抱香死”中的“抱”字，既符合菊花的花瓣弯曲合抱的特点，又写出了它珍惜自己的芳香，如同君子珍惜自己的品格操守一样。这样的人，越是疏离世俗，越是让人佩服。

◎ 写作指导

陆游的《枯菊》中说菊花“空余残蕊抱枝干”，朱淑贞的《黄花》中有“宁可抱香枝上老，不随黄叶舞秋风”，更加接近郑思肖的诗句。但是从描绘菊花的形象和诗人的寓意指向来看，郑思肖的两句更加符合菊花的形态，同时他想表达的意思也更加清晰。历代文人留下了很多名句，但这不是说他们完全达到了写作的最好效果，深思熟虑加上细致观察，我们也可以在前人的句子中再加工出妙语来。

◎ 智慧点拨

郑思肖是一个爱国诗人，南宋时期，金国掠夺了大量土地，郑思肖因此常常写一些表达不能偏安一隅，要顽强抗争的诗，这就是其中的一首。“宁为玉碎，不为瓦全”，因为一个人的气节甚至比生命更重要。如果活得没有尊严、没有骨气，这样的生命是不值得尊敬的，菊花不肯屈从于寒风，这就是对自己尊严的维护。

## 只有香如故——陆游《卜算子·咏梅》

### 卜算子·咏梅

陆游

驿[1]外断桥边，寂寞开无主。已是黄昏独自愁，更著[2]风和雨。

无意苦争春，一任[3]群芳妒。零落成泥碾作尘，只有香如故。

①驿：驿站。②著：通“着”，遭受，遇到。③一任：完全任凭，全随他。

驿站之外的断桥边上，有一树梅花孤寂地开放，无人理会。暮色将临，梅花孤独的身影已经够愁苦了，谁想到又遭风雨的摧残。梅花并不想费尽心思去和谁争艳斗宠，随百花妒忌与排斥。即使凋零到地上被碾为尘土，依然和往常一样，清香不改。

### 留香之美

梅花在寒冬开放，要忍受风雪和孤独。别人不理解她、嫉妒她，她都不去理会。在这样多的委屈之下，梅花还能“零落成泥碾作尘，只有香如故”，在泥土中散发着自己的清香，这样的花朵不是太可爱了吗？词的最后一句，将梅花留下香气的品德写得风轻云淡，但是余味深长。

◎ 写作指导

陆游的这首《咏梅》歌咏梅花的品德高洁，用了层层递进的顺序。先写直观上的孤独，然后是写她经受风雨。由此联想到别的花对她的嫉妒，以赞美她的大度和潇洒，最后写她凋零之后，还保有香气。层层递进的顺序，不仅让读者由远及近地观赏到了梅花，也将梅花的种种品格都写全了。作文的时候，最需要时刻提醒自己的就是文章建构，而好的文章建构，一定是有严格的逻辑顺序。

◎ 智慧点拨

陆游最喜欢梅花留下香气在人间的牺牲精神，而她“无意苦争春，一任群芳妒”的大气也值得我们欣赏。嫉妒他人的闪亮点本是很正常的心理，但是能够不为别人的嫉妒所困扰，坚持自己的品格，这样的举动就不平常了。不论是别人的夸赞还是贬低，都不能真正影响到一个上进人的心。

## 只留清气满乾坤——王冕《墨梅》

### 墨梅[①]

王冕

我家洗砚池[②]边树，朵朵花开淡墨[③]痕。

不要人夸颜色好，只留清气[④]满乾坤。

①墨梅：水墨画的梅花。②洗砚池：写字、画画后洗笔洗砚的池子。王羲之有“临池学书，池水尽黑”的传说。这里化用这个典故。③淡墨：水墨画中将墨色分为几种，如淡墨、浓墨、焦墨。这里是说那朵朵盛

开的梅花，是用淡淡的墨迹点化成的。④清气：清香的气味。

在我家洗砚台的池水边，有一树梅花开得热烈，花瓣如同淡淡的墨水点上去的。不需要别人看到这树梅花都夸颜色真好看，因为梅花只想将自己的清香溢满天地之间。

## 墨色之美

形容梅花颜色美丽的诗句有很多，但用“墨”来形容，可以说是王冕的独创。墨是书写和作画的原料，墨梅不仅有艳丽的颜色，更有一股文人的清雅气质。这样的梅花自然不会在意别人的夸奖了，因为梅花是超凡脱俗的君子，怎么会被世俗的夸耀影响呢？梅花想做的，不过是留下香气，而且要“满乾坤”，这又有大丈夫的豪气和奇志，相比之下，那些因为别人的夸耀而沾沾自喜的花朵就只是庸脂俗粉了。

### ◎ 写作指导

王冕本是画家，以水墨作画，自然对水墨非常熟悉。他以墨色来形容梅花，这个想法可以说是信手拈来，又恰如其分。从熟悉的生活中找灵感，是创作的最佳方式。有一个鞋匠形容别人脑袋笨，就说“他的脑袋像鞋底子，只有钉子才钻得进去”，这也是一个很好的比喻。写作不是凭空乱想，永远不能脱离生活。

### ◎ 智慧点拨

如果用一个词来形容墨梅，那就是心无旁骛。梅花不管别人说什么，只管自己努力开放，要把香气洒满乾坤。这种状态不也值得我们在做人做事时学习吗？心中有一个目标，然后为了自己的目标努力前行，不为别的事情改变，唯有如此，我们才能做真正的自己，拥有属于自己的成就。

## 愿君多采撷——王维《相思》

### 相思

王维

红豆①生南国，春来发几枝。

愿君多采撷②，此物最相思。

①红豆：又叫“相思子”，生在岭南地区，结出的籽像豌豆，呈鲜红色。②采撷（xié）：采摘。

红豆生长在南方，春天到了，它将生出多少新枝呢？希望你多采摘一些红豆带在身边，因为它最能够唤起人们的思念之情。

### 单纯之美

这是一首幼儿能诵的诗，诗句简单，没有深奥的道理和生僻的典故；诗情朴素，寄托了对友人的思念之情，但是读来却有滋有味。红豆树下，曾有女子为了等待爱人憔悴而死，因此红豆树本身就是很有诗意的植物。“春来发几枝”这样一个简单的疑问，却流露出了诗人忧愁与思念的心情。“愿君多采撷，此物最相思”这一句最为后人称道，再没有比它更简洁的句子了，也再没有比这更能表达浓烈的思念之情了。

◎ 写作指导

“此物最相思”，到底是说红豆相思，还是说诗人对对方相思！这一句其实是一语双关，既切中题意，又关合情思，婉曲动人。不直接说出诗人自己的相思，婉转高雅，但是相思又饱满奔放，这就是双关的效果。怎样用双关？这就需要作者本人有丰富的知识储备。

多读典故书，就能发现古人在一句双关上的规律。

◎ 智慧点拨

这首诗相传是王维写给朋友李龟年的。李龟年是唐朝的一个歌手，他和很多文人都是好朋友，后来流落到南方，王维就写了这样一首思念他的诗。李龟年知道后经常在人面前吟唱，听者无不落泪。友情是人生中难得的财富，拥有一个知音，胜过拥有很多点头之交。我们要寻找自己的知己，同时也要珍惜别人的信任，你对朋友的态度，决定了朋友对你的态度。

## 二月春风似剪刀——贺知章《咏柳》

### 咏柳

贺知章

碧玉妆成①一树高，万条垂下绿丝绦②。

不知细叶谁裁出，二月春风似剪刀。

①妆成：装饰，打扮。②绦：用丝编成的绳带。丝绦是形容像丝带一样。

打扮得如小家碧玉一样的柳树高挑美丽，初春长出的柔软枝条垂下来如同绿色的丝绦。不知道这细细的柳叶是谁裁剪出来的，要说就是恰似剪刀的二月春风吧。

### 温柔之美

唐朝人评价这首诗用了“语意温柔”这四个字，的确，贺知章的这首诗是咏物诗中难得的温柔之作。他先是将柳树比喻成小家碧玉，将柳枝比喻成丝编的绳带，这两个比喻就有对柳的喜爱和赞美。

“不知细叶谁裁出，二月春风似剪刀”。二月春风，稍微带点寒意，但是就像巧手的裁缝一样，细细地裁剪出柳叶来，这是多么令人惊喜啊。

◎ 写作指导

《南史》中记载，刘悛之做益州刺史时，献给皇帝数株蜀柳，在文中说“条甚长，状若丝缕”。后来齐武帝就把这些杨柳种植在殿前，玩赏不已，称它风流可爱。把柳条说成“绿丝绦”，就是暗用的杨柳典故。但是不知道这个典故的人，也能明白其中的意思，这是用典故要注意的。一般不要用太生僻的典故，否则就佶屈聱牙了。

◎ 智慧点拨

万物的生长，需要靠春风的吹拂、春雨的滋润、阳光的照耀……一个人的成长，也需要经历教育、帮助、挫折等。当我们赞美杨柳时，也要记得春风的功劳；同样，在我们总结自己成长脚步的时候，不要忘记那些曾经帮助我们的人、养育我们的人。

## 暗香浮动月黄昏——林逋《山园小梅·其一》

### 山园小梅其一

林逋

众芳摇落独暄妍①，占尽风情向小园。
疏影横斜水清浅，暗香浮动月黄昏。
霜禽②欲下先偷眼，粉蝶如知合断魂。
幸有微吟可相狎③，不须檀板共金樽④。

①暄妍：明媚美丽。②霜禽：百色的鸟。③狎：亲近。④檀板：演唱时用的檀木柏板。金樽：豪华的酒杯。

百花凋零的冬季，只有梅花迎寒盛开，成为小园之中最耀眼的风景。稀疏的影子横斜在清浅的水中，清幽的芬芳浮动在黄昏月色里。百色的鸟飞落时，忍不住要先偷看梅花一眼；蝴蝶若是知道了梅花的妍美，一定销魂失魄。好在我能为梅花写一首小诗，亲近梅花而不是敲着檀板唱歌，执着金杯饮酒来玩赏这绝色。

## 丰满之美

提到梅花，很多人都只说她孤高不许、清瘦疏离，但是林逋的这首诗中，却是一个丰满俏丽的梅花形象。“疏影横斜水清浅，暗香浮动月黄昏”。人们似乎可以从清而浅的水中看到梅花的绰约风姿，也似乎能在月色下闭上眼睛，闻到一阵梅花的香气。“横斜”是一种慵懒而又诗意的姿态，“浮动”则是一种若隐若现、顽皮可爱的状态。这两句诗，写出了梅花亲和可人的一面，成为传世佳句。

### ◎ 写作指导

林逋创作诗句的时候，也和贾岛一样，要反复推敲、思量，最后才拿出自己满意的作品来。要知道，我们今天看到的大部分名句并不是作者妙手偶得，而是经过反复推敲之后才有。而推敲的根本，就要了解所写之事。“梅妻鹤子”就是林逋的典故，可见他对梅花的深情，只有这样才能写出好句来。多花一点时间在观察上，就能少花一点时间在推敲上。

### ◎ 智慧点拨

从意境上来说，《山园小梅》要胜过《石灰吟》，但是从志趣上来说，《石灰吟》则要胜过《山园小梅》。林逋的《山园小梅》主要是个人的一点风情和文字上的把玩，缺乏大气；而《石灰吟》则是一种直白、坚韧的精神追求。品诗要看到诗意，更要看到诗人的品格。学诗要学遣词造句，也要学光明磊落的气概。

## 千淘万漉虽辛苦——刘禹锡《浪淘沙·其八》

### 浪淘沙·其八

刘禹锡

莫道谗言如浪深，莫言迁客①似沙沉。
千淘万漉②虽辛苦，吹尽寒沙始到金。

①迁客：指谪降外调的官。②漉：过滤。

不要说流言蜚语如同凶恶的浪涛，也不要说被贬谪的人好像下沉的泥沙。淘金要经过千遍万遍的淘洗过滤，历尽千辛万苦，才能得到闪闪发光的黄金。

### 磨炼之美

这首诗歌咏的是淘金，但用意在表达诗人不屈于困难、对未来充满信心的意念。深浪与沙尘，都是埋没金子的力量，谗言和迁客，也是人才的困境。但是既然淘金者能够在千淘万漉中得到真金，人才也可以在种种磨难之后闪闪发亮。“千淘万漉虽辛苦，吹尽寒沙始到金”这句话成为很多面临困境的人的座右铭。

◎ 写作指导

咏物不一定是要歌咏某一件东西，在这里，刘禹锡歌咏的就是淘金这件事。把金子从泥沙之中淘出，就像人经过各种磨炼之后升华一样，这种比喻非常贴切。我们要托物言志的时候，也可以考虑某一个事情、一段过程。

◎ 智慧点拨

是金子总会闪光，不管是浪涛冲击还是泥沙掩埋，都不会改变它的本质。同样，一个真正的人才总会在经历种种考验之后，闪现出他的出类拔萃。一时的困难并不能阻碍一个人进步，只会让他变得更成熟、更有能力去面对接下来的考验。

## 似花还似非花——苏轼《水龙吟·次韵章质夫杨花词》

### 水龙吟·次韵[1]章质夫杨花词

苏轼

似花还似非花，也无人惜从教坠。抛家傍路，思量却是，无情有思。萦损柔肠，困酣娇眼[2]，欲开还闭。梦随风万里，寻郎去处，又还被莺呼起。

不恨此花飞尽，恨西园落红难缀。晓来雨过，遗踪何在，一池萍碎。春色三分，二分尘土，一分流水。细看来，不是杨花，点点是离人泪。

①次韵：就是按照别人写的词的韵脚和用韵的顺序来写一首和词。章质夫是苏东坡的一个朋友，他写了一首《水龙吟》，很受词人的欢迎，苏东坡也很喜欢，于是也写了一首唱和。②娇眼：比喻柳叶初生时的样子。

杨花像花又不是花，也没有人怜惜，任由它飘舞坠落。离开了树枝飘在路旁，看起来无情，细想却似乎有情思。它被愁绪百折柔肠，围绕在柳叶周围，看起来像是半睁半闭的眼睛。这杨花像在梦中寻夫的妻子，被黄莺的啼声吵醒而埋怨。

我不怨杨花落尽，只怪西园的落花太多了难再重缀。早晨下了一阵风雨，杨花去哪里了？一池的浮萍全被雨打碎。满园剩下的三分春色，两分变为了尘土，一分随流水而去。细看去，那哪里是杨花，全是分离人的泪啊！

## 残败之美

大好的春色，在杨花的飘零下，只剩下了三分。但这三分也不能留下，而是要归入尘土，或是随着流水而去。“春色三分，二分尘土，一分流水”。把光景分为若干份不是苏东坡的首创。“天下三分明夜月，二分无赖是扬州”“三分春色两分愁，更一分风雨”等，都在苏东坡之前，但是苏东坡的语意蕴藉、含蓄、巧妙，格外胜出别的句子。尘土收纳落花，流水带走残叶，春天一去不回，这令人惋惜的残春光景，教人格外怜惜。

### ◎ 写作指导

这是一首咏杨花的词。杨花似花非花，但却有情。如何体现杨花的情呢？苏轼将它比喻成一个在梦中行走了千里的妻子，苦苦追寻丈夫的踪影，这样一来，读者就能感受到杨花的情，而且，还半睡半醒，被莺啼坏了好梦，不仅有情，更有性格和神态。

### ◎ 智慧点拨

本来，章质夫的《水龙吟》已经得到广泛的认可了，但苏轼还是忍不住又“跟风”和了一首，算作是对朋友的回应。没想到，本来是辅词的被流传了下来，本来是正词的却无人问津。历史上类似这种“喧宾夺主”的事情还有很多，就像郦道元的《水经注》，比原书《水经》要杰出得多。韩愈说“弟子不必不如师”，只要用心去做，也能够后来居上。

## 卷五

# 诗中有画

## 独坐幽篁里——王维《竹里馆》

### 竹里馆

王维

独坐幽篁①里，弹琴复长啸②。

深林人不知，明月来相照。

①幽篁：幽深的竹林。②啸：嘬口发出长而清脆的声音，类似于打口哨。

独自坐在幽深的竹林中，一边弹琴一边长啸。在深林里没有别人知道，只有深情的明月投来光华。

### 随 性 之 美

从这首诗问世以后，读者无不说此诗高妙，但是字斟句酌地读，又似乎发现不了其中有什么特别闪亮之处，所以这首诗的美，就在于随性、自然。前两句写人与事，一个独坐在竹林中的人，一边弹琴一边长啸。这不禁让人想起“竹林七贤”之一的阮籍，正是因长啸闻名于世。“深林人不知，明月来相照”是写景，此中只有“我”与明月，别无他人。此情此景，虽然是自然而又随性，但也是清雅而又独孤。

◎ 写作指导

这首诗的场面是：一个谦谦君子站在竹林中，弹着古琴，吟啸古曲，只有一轮明月相伴。可以说，通体都是古色古香、意蕴深长。从外在环境上，这是一个风雅的画面；从内在情绪上，这是一个孤独的场景。外在的风雅与内在的孤独结合，才能构成一个随性中有妙境的整体。我们写文章的时候，也要着力于外在之景与内在之情的配合。

◎ 智慧点拨

王维是一位禅理派诗人，他的诗自然有一段禅韵。这种禅韵也成了王维的招牌风格。在平常的生活中，写诗只是他的消遣，大部分时间中，他还是要悟禅、参与公务。写文章先要学做人、生活，一个踏踏实实生活、认认真真做人的人，自然会有写不完的好文章。

## 大漠孤烟直——王维《使至塞上》

### 使至塞上

王维

单车欲问边①，属国过居延②。
征蓬③出汉塞，归雁入胡天。
大漠孤烟直，长河落日圆。
萧关④逢候骑，都护⑤在燕然⑥。

①单车：轻装上阵的车。问边：慰问边防。②属国：典属国的简称。这里诗人用来指自己使者的身份。居延：故址在现在内蒙古自治区额济纳旗一带。③征蓬：飘飞的蓬草。④萧关：古关名，故址在今宁夏回族自治区固原市东南。⑤都护：唐代边疆长官称都护，这里指前敌统帅。⑥燕然：燕然山，即现在蒙古国境内杭爱山，代指边防前线。

孤单单的马车要去哪里呢？是要出使西北边塞。急匆匆像风中的蓬草一样出了边塞，像北飞的归雁一样进入边疆。无垠的沙漠中只有一缕烽烟冉冉升起，蜿蜒的黄河上浮着浑圆的落日。到了边塞只遇到留守的部队，都护正在燕然前线把守。

### 孤壮之美

之所以将这首诗归入“场景描写”，就在于它的千古名句“大漠孤烟直，长河落日圆”。这是塞外大漠孤壮景色中最有意境的一幅画：烽火台上燃起的一道孤烟在广阔的沙漠上冲天而起，蜿蜒曲折的黄河映衬落日的残红壮烈。孤烟之直，落日之圆，构成了塞外开阔鲜明、气势雄伟的景象。再没有第二句能超出这一句的意境了。

【写作技巧】

从常识上来判断，大漠上长年多风沙，一缕孤烟很难“扶摇直上”。“长河落日圆”也不准确，黄昏时的太阳很少有圆如银盘的。所以，这最出彩的两句话是诗人的想象，但无碍诗意的表达。生活中可以写的东西太多了，如何让你的写法与别人的不一样而且要胜于平铺直叙，就需要我们在想象上花费一些时间与精力。

◎ 智慧点拨

这首诗是开元二十五年（737 年），王维以监察御史的身份出使边塞时写的。唐代在朝廷为官的文人有很多，他们都在从政的过程中创作了很多名篇。可见文人并不是待在书斋中不问世事的老朽，积极入世的生活，并不妨碍内心的诗意，只会让创造的灵感来源更加丰富，只有造作的人，才会以文人自居足不出户。

## 轻舟已过万重山——李白《早发白帝城》

### 早发白帝城①

李白

朝辞白帝彩云间，千里江陵②一日还。

两岸猿声啼不住③，轻舟已过万重山。

①白帝城：在今重庆市奉节县东白帝山上。②江陵：今湖北江陵。从白帝城到江陵约一千二百里，其间包括七百里三峡。③住：停息。

早晨辞别了云蒸霞蔚的白帝城，一天的时间就回到了千里之遥的江陵。只听得两岸山间的猿猴啼叫连续不停，如同一唱一和。不知不觉，轻快的船已经驶过万重青山。

## 飘逸之美

《唐宋诗醇》中评价这首诗“顺风扬帆，瞬息千里……笔墨间亦有神助”。这首七绝写得流丽飘逸，惊世骇俗，但又随心所欲，自然天成。一是时间上的快，一日千里，让人有时光飞逝的感觉；一是沿途景色的秀丽，两岸猿声、万重青山，让人对三峡的奇景心驰神往。仅从字面上来看，就能体会到诗中所传达的三峡顺水行舟的快感。不难想象，此时诗人的心中也是同样飘逸畅快。

### ◎ 写作指导

李白的诗向来不拘泥于传统，也不愿意因袭前人的模式，而是随意发挥。当我们缺少灵感的时候，看一看前人的类似作品，会帮助我们建立一个整体框架；当我们有灵感的时候，尽情书写自己的想法，此时就不要受前人作品的约束。

### ◎ 智慧点拨

乾元二年（759 年），李白被流放到西南的夜郎。他途经白帝城时，突然传来赦命，于是回舟抵江陵，写下了这首诗。李白是怀着愉快的心情来观赏壮丽江山的，他还有“仰天大笑出门去，我辈岂是蓬蒿人”的名句，来抒发自己内心的得意。传统的思想总是要求人们约束自己的情感，多体谅别人的感受，但像李白一样，做一个洒脱性情的人，也未尝不是一件乐事。

## 碧水东流至此回——李白《望天门山》

### 望天门山

李白

天门[1]中断楚江[2]开，碧水东流至此回[3]。

两岸青山[4]相对出，孤帆一片日边来[5]。

①天门：在今安徽省芜湖市的长江两岸，因为形似天门而得名。②楚江：安徽省芜湖市这一段的长江，古时属于楚国，所以叫作楚江。③回：转变方向。④两岸青山：指博望山和梁山。⑤日边来：孤舟从天水相接处的远方驶来，好像来自日边。

长江犹如巨斧劈开了天门山。滚滚东流的一江绿水，到这里旋转向北流去。两岸青山相对峙，高耸入云；在那天水相接之处，一片白帆挂着灿烂的阳光，从天边飘来。

### 大气之美

这首《望天门山》中，处处是李白式的大气与豪放：天门山是为了给楚江让道而断开的，一山劈为两半，这是何等壮观；滔滔江水奔腾不息，所向披靡，但是到了这里却折转北流，这又是何等的神奇；“两岸青山相对出，孤帆一片日边来”，将原本静止的青山写成渐渐露面的动态人物，在这大场景的布景中，一片挂着阳光的白帆从天际之间缓缓升起。

◎ 写作指导

绝句贵在精辟简约。“碧水东流至此回”一句，借水势衬出山的奇险。在另一篇名为《西岳云台歌送丹丘子》中有更详尽的描述：

“西岳峥嵘何壮哉！黄河如丝天际来。黄河万里触山动，盘涡毂转秦地雷。”同样是描绘江河受到山峰阻遏时出现的情景，但是七古就要比绝句更加淋漓尽致。不同体裁的文章，就要用不同的表达方式，也就是我们常说的“量体裁衣”。

◎ 智慧点拨

“壁立千仞，无欲则刚”。李白笔下的天门山能够克服万里江水的冲刷，让无往不胜的滔滔长江折道而行，也是凭借它“无欲则刚”的本性。天门山让我们看到所谓真正的勇敢者，可以接受一切考验而不改变自己的立场。

## 窗含西岭千秋雪——杜甫《绝句·两个黄鹂鸣翠柳》

### 绝句

杜甫

两个黄鹂鸣翠柳，一行白鹭上青天。
窗含西岭千秋雪①，门泊东吴万里船②。

①窗含：从室内远眺，仿佛窗外的景物都包含在窗中。西岭：指岷山。千秋雪：岷山山顶终年积雪。②门泊：门外岸边停泊着江船。东吴：指江苏、浙江一带。

两只黄鹂在翠柳上鸣叫，清朗的天空中一行白鹭飞过。从窗口望去，是岷山上千年不化的积雪；门外边，停泊着从东吴不远万里而来的船只。

### 借景之美

大自然有创造美景的鬼斧神工：两只黄鹂、一行白鹭，这既有万里江山的壮美，又有自然景色的秀丽；杜甫也是一个善于借景的高手，“窗含西岭千秋雪，门泊东吴万里船”，他以窗户和门框为画框，将自然美景收纳成一幅画像，岷山的积雪晶莹洁白，而尽在眼前的船只则是风尘仆仆，一幅自然与人文相映成趣的美景就这样诞生了。

◎ 写作指导

杜甫的这首诗每一句都用了一个量词：两个、一行、千秋、万里。这是数量的逐渐上升，也是情感的次第增加。确切的数据可以增加文章的可信度，而像杜甫这种明显是概括、想象的数据，则可以延伸读者的发挥空间。我们也可以在文章中采用一些虚数，比如“万紫千红”“千里冰封”等，以此增加气势。

◎ 智慧点拨

杜甫平生有着经世济国的志向，但他的仕途总是一路坎坷，远离长安宫廷。乾元二年（759 年），杜甫到成都后建成草堂，刚刚安定下来。谁知杜甫的朋友严武向朝廷举荐杜甫，这首诗就创作于此时。远道而来的船只，带来的就是他被提用的消息。从这首诗中，我们能体会到接到消息的杜甫，内心是欢愉的，任何时候，出仕对他来说，都不会太晚，这是多么积极的人生观。

## 烟销日出不见人——柳宗元《渔翁》

### 渔翁

柳宗元

渔翁夜傍西岩[1]宿，晓汲清湘[2]燃楚竹。
烟销日出不见人，欸乃[3]一声山水绿。
回看天际下中流，岩上无心[4]云相逐。

①西岩：大概是永州的西山。②湘：湘江之水，在湖南。③欸乃：拟声词，一说指桨声，一说是人长呼之声。④无心：物我两忘的心灵境界。

渔翁夜宿在西山下，清晨他取清澈的湘水煮粥，以楚地的翠竹为柴，做起了早饭。等到烟雾消散，人已经不知去向，只听见“欸乃”一声，山水重现了绿色。回首长望，江水似乎是从天际倒挂而下；山顶的白云，自由自在地嬉戏玩耍。

## 渔樵之美

与《江雪》的旷世静默不同，柳宗元在这一首诗中一句一个场景，流转活泼，但都是在表达回归自然、无拘无束、自食其力的理想生活境界。这个渔翁就是柳宗元自己的精神画像，他在天地间游荡，以最接近自然本色的食材维生，来无影去无踪，“烟销日出不见人，欸乃一声山水绿”，留下画面之外的人羡慕这神仙一样自由自在的生活。

### ◎ 写作指导

“欸乃一声”有两种解释，一说是渔翁的长啸，一说是船桨拍水的声音。“欸乃”是一个拟声词，这样的写法在诗中不多见，因此更显得俏皮可爱。文字也可以成为一个动态的画面，我们只有明白了这一点，才能将汉字的魅力发挥到极致。

### ◎ 智慧点拨

在柳宗元看来，最美好的生活其实就是《渔翁》中所说的最简单纯朴的生活。幸福与否，关键是看内心是否满足和自由，并不是要过上最奢华的生活，才算是幸福的人。我们今天离大自然越来越远，被竞争和生存套得越来越紧。读到《渔翁》这首诗，我们也让自己身在城市，心在自然，做一次心灵的远足。

## 夜半钟声到客船——张继《枫桥夜泊》

### 枫桥夜泊①

张继

月落乌啼霜满天，江枫渔火对愁眠②。
姑苏城外寒山寺③，夜半钟声到客船。

①枫桥：在苏州阊（chāng）门外。②愁眠：因愁而未能入睡之人。后人因此诗而将当地一山命名为“愁眠”。③姑苏：苏州的别称。寒山寺：在枫桥附近，相传因唐代僧人寒山、拾得住此而得名。

明月已落，乌鸦还在啼叫，到处都是秋霜。江边的枫叶和点点渔火，与我这个失眠的人相对伴愁而眠。姑苏城外，有一座寒山古寺，那里的钟声悠扬，传到了我乘坐的客船中。

### 破晓之美

黎明破晓的时候，正是酣眠做梦的时候，但是诗人张继却愁绪满怀，无法入睡。这时他听见不祥之鸟在啼叫，月亮已经落下了，秋霜也降下，寒意逼人。此时他孤身一人，与江畔的枫树、渔火相对。正在这样寂寥的景色中，古寺的钟声打破了宁静，“姑苏城外寒山寺，夜半钟声到客船”，一个沉寂的黎明，就这样被敲碎了。

◎ 写作指导

这首诗的前两句含义丰富，有月、乌、霜、枫、火这几种景象，但诗的后两句却极其简单，就是一声钟响。一繁一简，对比之中勾勒出客船独宿的孤独与安静。在繁复的渲染之下，用一个简单的意向来冲淡境界。我们写文章不能太在意文采，在笔墨最浓处，来一点简单的句子，像“夜半钟声到客船”一样，在突破中创造新的意境。

◎ 智慧点拨

张继是一个历史上着墨不多的诗人，他说自己“终年帝城里，不识五侯门”，可见他是一个不迎合权贵、攀龙附凤的文人。这首诗中有道学家的潇洒，也有佛学家的豁达，皆因为他本人对生活的领悟与经营。文章是一个作者的“产品”，人品优秀的作者，才能产生优质的文章。对于少年来说，既要学文章技巧，也要学做人的原则。

## 白银盘里一青螺——刘禹锡《望洞庭》

### 望洞庭

刘禹锡

湖光秋月两相和①，潭面无风镜未磨②。

遥望洞庭山水色，白银盘里一青螺③。

①和：水色与月光融为一体。②镜未磨：古人的镜子是用铜制作和磨成的。这里一说是水面无风，水平如镜。③青螺：青色的田螺，这里用来比喻湖中间的青山。

秋月铺洒在洞庭湖上，形成天水一色的景致，平静的水面就像是一面铜镜。远远望着洞庭湖的景色，那湖中间的青山就像是白银盘中托着的青螺。

### 天水之美

月色与湖面时常结伴出现在古诗中，诗人特别喜欢月光照耀下的湖水，是因为这时的水就像是蒙上了白纱的玉石，温润盈泽。洞庭湖在月光的照耀下，如同一个白银盘子，所以才有了对洞庭山水最俏皮的比喻，“白银盘里一青螺”。

◎ 写作指导

看电影时，如果我们听到“啪”的一声，看到满地的玻璃碴，自然就会想到玻璃摔碎了。同样，我们读古诗的时候，也会自动将原本没有的中间情节补充进去。白居易说“白银盘里一青螺”，我们脑海中就会浮现出白色的湖水与青色的山峰，所以写作时适当地用颜色，会让本来平淡的句子更加生动。画家用颜色涂画，作家用文字涂画。所以我们恰当地运用颜色的描述，也会增加文章的色彩。

◎ 智慧点拨

观景可以从近处看，也可以从远处看。遥望洞庭，山不过是银盘中的青螺。遥望我们经历的重重困难和惊喜，也不过是人生中的一个小小的波纹。站得高才能看得远，时时提醒自己不要沉溺在一时的悲喜中，我们对自己的人生也就有了更多把握。

## 野渡无人舟自横——韦应物《滁州西涧》

### 滁州西涧

韦应物

独怜幽草涧边生，上有黄鹂深树鸣。

春潮①带雨晚来急，野渡②无人舟自横③。

①春潮：春天的潮汐。②野渡：荒郊野外无人管理的渡口。③横：指随意漂浮。

小溪边上的青草最让人心生怜爱，树林中的黄鹂在自由歌唱。一场大雨过后，江里浪潮急急地奔腾，野外涨满水的码头上，空空的小船安详地横卧着。

### 恬淡之美

诗人春游滁州西涧，创作了这首最负盛名的写景佳作。河边的小草朴实无华，但是诗人独怜这样寻常的事物。河水湍急，这是因为一场大雨带来了涨潮，一条小船无人乘坐，随着波浪横于江面上。最末尾的两句“春潮带雨晚来急，野渡无人舟自横”，将山野的恬静闲适勾画得惟妙惟肖。

### ◎ 写作指导

诗里写的虽然是平常的景物，但经诗人的点染，却成了一幅意境幽深的有韵之画。写作并不是要寻找稀奇少见的材料，也不见得要有惊世骇俗的观点，只要其中有作者自己的构思，并且将这种构思通过语言表达出来，清晰准确，就是一篇成功的文章了。现在我们遇到的困难不是缺少材料，而是缺少加工材料的能力。

### ◎ 智慧点拨

有人说韦应物的前两句写的是一个对比，小草的朴实无华与黄莺的喧闹轻佻相比照，所以诗人“独怜幽草”，这也是有道理的。生活中往往是那些低姿态、谦虚好学的人最受欢迎，而那些言之凿凿却没有行动，为人太过高调的人，却不受人欢迎。

## 人迹板桥霜——温庭筠《商山早行》

### 商山早行

温庭筠

晨起动征铎[1]，客行悲故乡。

鸡声茅店月，人迹板桥霜。

槲[2]叶落山路，枳[3]花照驿墙。

因思杜陵梦[4]，凫雁满回塘。

①征铎（duó）：车马旅行时用的响铃。②槲（hú）：一种落叶乔木。叶子在冬天虽枯而不落，春天树枝发芽时才落。③枳（zhǐ）：一种落叶灌木或小乔木。春天开白花，果实似橘而略小，酸不可吃，可用作中药。④杜陵梦：思乡之梦。杜陵，地名，温庭筠曾自称为杜陵游客。

车马的铃响催促着旅人起程，一旦上路就要伤悲地离开故乡。茅草店沐浴在冰冷的月光之下，阵阵鸡鸣传来，人的足迹留在被霜覆盖的木板桥上。槲树的叶子落满了山路，枳树的白花点缀了驿墙。回想昨夜甜蜜的故乡梦，满眼是凫雁在池塘中安眠。

### 不舍之美

“鸡声茅店月，人迹板桥霜”是这首诗中最能打动人心的一句，似乎这画面中透露出何谓“乡愁”。月亮还没有完全落下，但是茅社中的鸡已经在打鸣了；桥上的秋霜还是一片平整，我背井离乡的步伐就要将它踏碎了。其中有多么浓烈的依依不舍没有说出啊。

### ◎ 写作指导

每个人都有思乡的情结，温庭筠表达自己眷念故乡的方式，就是字字含情地描写出行时的场景。我们也常用“还记得那时”作为回忆的开头，在描写一段回忆的时候，越是描写得细致入微，就越能说明那一刻对我们的重要意义。

### ◎ 智慧点拨

余光中的《乡愁》说“故乡是一张窄窄的船票”，故乡可以是任何一样让人想起来就心头温暖、鼻子一酸的东西。我们眷念乡土，因为那里有儿时最快乐的回忆。很多人长大之后，都不能忘却故乡的美好。所以，在我们远离故乡、远离父母之前，先珍惜这人生中最美好的时光吧。

# 卷六

# 山川览胜

## 水何澹澹——曹操《观沧海》

### 观沧海

曹操

东临碣石[①]，以观沧海。
水何澹澹[②]，山岛竦峙[③]。
树木丛生，百草丰茂。
秋风萧瑟，洪波涌起。
日月之行，若出其中；
星汉灿烂，若出其里。
幸甚至哉，歌以咏志[④]。

①碣（jié）石：山名，在今河北省昌黎县境内。②澹澹（dàn）：浩荡平满。③竦峙（sǒng zhì）：高耸。④“幸甚”句：结尾两句是乐工合乐时加上去的，无实际意思。《步出夏门行》全诗四首，每首后面都有这样两句。

登上碣石山眺望苍茫的大海，水波汹涌澎湃，山岛耸立在水中。山岛上有的树木茂盛，各种各样的花草也都生机勃勃。水面上吹起萧瑟的秋风，波浪就此涌起。太阳和月亮、银河和星辰，都好像出自大海。真是幸运，作一首诗歌来表达志趣。

### 壮阔之美

曹操在打败乌桓回师的途中，经过碣石山。于是登高作诗，描写当地的景色。“水何澹澹，山岛竦峙。树木丛生，百草丰茂。秋风萧瑟，洪波涌起”，这样的诗句表现出碣石山上俯瞰大海的壮阔、沧桑，也表达了诗人开阔的胸怀。曹操是第一个纯写自然景物的诗人，但是一出手就格调不凡。《观沧海》一洗悲秋的感伤，写得沉雄健爽，气象壮阔。

◎ 写作指导

“日月之行，若出其中；星汉灿烂，若出其里”，这是用的互文手法，其实表达的是同一个事情，但是分成了两个短句，可以相互补充说明。互文这种手法常见于古诗中，主要是为了增强文章的气势，突出语言上的美感。又如，“秦时明月汉时关”“千里冰封，万里雪飘”，这样的句子可以用一句话来概括总结。

◎ 智慧点拨

曹操是三国时期的人物，三国时各自为政的政权很多，曹操有统一之志，也有改写历史之才。不论是军事才能还是政治谋略，他都是难得的奇才，更能横槊赋诗，才华横溢。但美中不足的是他这个人多虑、不信任同伴，因此连连中计。一个人的力量再大，终归有限，一个才华一般但善于合作的人，有可能胜过曹操这样才华横溢但刚愎自用的人。

## 白日依山尽——王之涣《登鹳雀楼》

### 登鹳雀楼①

王之涣

白日依山尽，黄河入海流。
欲穷千里目，更上一层楼。

①鹳雀楼：在今山西省永济市，楼高三层，为登览胜地。

太阳沿着山峰的轮廓西沉，黄河朝着东面的大海奔腾而去。若想看到更远的景色，还需要再上一层楼才能将其收到眼下。

### 层楼之美

王之涣写鹳雀楼，并没有写它如何雕梁画栋、金碧辉煌，而是说登临到此，可以看到怎样的美景。“白日依山尽，黄河入海流”，这两句高度概括了周围的景色，相比而言，诗人畅当写鹳雀楼“迥临飞鸟上，高出世尘间。天势围平野，河流入断山”就要更加详尽一些，但是王之涣又说“欲穷千里目，更上一层楼”，不仅说出了层楼层景的特点，更说出了人生要不断进步的哲理。

### ◎ 写作指导

这首诗的内文不需要格外注释，就能让读者明白，同时也不会显得没有文采、枯燥肤浅，这是最上等的文章才能同时兼备的。有的人追求华丽的辞藻，有的人追求艰深的义理，但是真正的好文章就像这首诗一样，浅显易懂、内容深刻。

### ◎ 智慧点拨

“欲穷千里目，更上一层楼”。观景要如此，人生的成长更是如此。我们在成长过程中会面临很多疑惑，想要将人生的谜底不断揭开，就要不断学习、思考。哲学家能洞悉一切现象，就是因为他们站在思想的最高处。同样，人生要赢得更多的机会，也需要更上一层楼，不断地超越过去的自己。

## 潮平两岸阔——王湾《次北固山下》

**次北固山①下**

王湾

客路②青山外，行舟绿水前。

潮平两岸阔，风正一帆悬。

海日生残夜，江春入旧年。
乡书何处达？归雁[3]洛阳边。

①次：临时驻扎或住宿，这里指船停泊。北固山：在今江苏省镇江市北，三面临江，形势险固，因以为名。②客路：指作者要去的路。③归雁：北归的大雁。据说雁足可以传递书信。这里是想托归雁给洛阳家中带信的意思。

赶路于青山之外，行舟于绿水之中。潮水涨起时，两岸间的水面更加宽阔；江风阵阵，小舟一帆高挂。破晓时，一轮红日从海上升起；旧年尚未逝去，江上已开始了春意。家书要何时才能到达呢？希望归去的大雁能把信带到故乡洛阳。

## 乡愁之美

王湾的这首诗中，一直充盈着一股淡淡的乡愁。冬末春初，诗人泊舟北固山下，看到了两岸春景。“潮平两岸阔，风正一帆悬”，这是长江上独有的壮阔气象。“海日生残夜，江春入旧年”为后世传诵，这既是昼夜的交替，也是冬春的过渡，令人感到欣喜。但是春天的到来，也让诗人想到了归乡。对家乡的思念和春景和谐交融。

### ◎ 写作指导

诗人先写青山重叠、小路蜿蜒、碧波荡漾、小船轻疾，这些是令人愉悦的旅途景象。然后过渡到辞旧迎新的季节更迭，写到春天要来，自然而然地想到了家乡。这一首诗的思想线索非常清晰，从景到时，从时到思，这样来建立文章的骨架，再往里面填入自己的内容，就成为一篇自己的文章了。

### ◎ 智慧点拨

春天是万物复苏的季节，是生命萌动的季节，也是思念家乡的季节。冰河解冻，流水潺潺，这样的景象最容易让人想到自己的故乡。因此春天里思念家乡、思念亲人的诗文很多。家乡是每个人心中的一块圣地，每个人都有故乡，在故乡的滋润中内心才不会枯竭。

## 芳草萋萋鹦鹉洲——崔颢《黄鹤楼》

### 黄鹤楼

崔颢

昔人已乘黄鹤去，此地空余黄鹤楼。

黄鹤一去不复返，白云千载空悠悠。

晴川历历①汉阳树，芳草萋萋鹦鹉洲②。

日暮乡关③何处是？烟波江上使人愁。

①晴川：指白日照耀下的汉江。历历：分明的样子。②鹦鹉洲：原位于汉阳东南二里长江中，后渐被江水冲没。③乡关：故乡。

昔日的仙人已经乘着黄鹤飞升远去，这里只留下一座空荡荡的黄鹤楼。黄鹤一去再也没有回来，千百年来只看见白云依然悠悠。阳光照耀下汉阳的树木清晰可见，鹦鹉洲上的芳草碧绿青翠。天色已晚，可是我的故乡在哪儿呢？眼前一片雾霭笼罩，令人愁上心头。

### 苍凉之美

传说“诗仙”李白喜欢浪迹天涯，所到之处也随意留诗作赋。有一回他来到了黄鹤楼，抬头看到崔颢的这首诗，不仅拍案叫绝，说道：“眼前好景道不得，崔颢题诗在上头！”“晴川历历汉阳树，芳草萋萋鹦鹉洲”，不仅道出了黄鹤楼的好景，还说出了千百年来游子内心的孤独与愁苦，通篇有一种哀伤而不失大气的苍凉之美。

◎ 写作指导

多读古诗，我们会发现诗人很喜欢拿不变的山水来衬托变化的人情世故。“白云千载空悠悠”就是这种写法。的确，在不变的江山面前，人生就会显得短暂而无常，文章的大气之感就会体现出来，江山白云可以帮助我们的文章有一个较高的角度。

◎ 智慧点拨

在山水面前，每个人都能体会到自己的渺小和人事的无常。也许是因为我们现在太远离自然了，因而这种明白个人渺小的情怀也越来越少，取而代之的是每个人都觉得自己独一无二，希望所有的事情都围着自己转。走出自己的小天地，像古人一样去那些名胜古迹中感受历史，你会发现原来自己不过是一个普普通通的生命，只有加倍努力才能不辜负这短暂的人生。

## 会当凌绝顶——杜甫《望岳》

### 望岳①

杜甫

岱宗②夫如何？齐鲁青未了③。
造化钟神秀，阴阳割昏晓。
荡胸生层云，决眦④入归鸟。
会当⑤凌绝顶，一览众山小。

①岳：此指五岳之首的东岳泰山，其余四岳为西岳华山、北岳恒山、南岳衡山、中岳嵩山。②岱宗：泰山亦名岱山。③青未了：指郁郁苍苍的山色无边无际，浩茫浑涵，难以尽言。④决眦：极力张大眼睛。决，裂开。眦，眼角。⑤会当：定要。

泰山的面貌如何？它绵延不绝的青色在齐鲁也能看见。大自然在这里聚集灵气，即使在同一时间，山南山北两边也判若早晨与晚上。层出不穷的云雾使人心胸荡漾，我睁大眼睛极力辨认那些归巢的飞鸟。定要登上泰山的最高峰，在上面俯视的话，众山都会显得矮小。

## 俯瞰之美

大自然的神奇和秀美，只有从高处往下看时才能尽收眼底。杜甫的这首《望岳》，就是从最高处往下看时，眼见的神奇景象。一座山两边不同的光线差异，如果不亲自去体会是无法把握的。尤其是“会当凌绝顶，一览众山小”这样的句子，与“欲穷千里目，更上一层楼”一样富有人生哲理。

### ◎ 写作指导

泰山从古至今都是一处旅游胜地，描写泰山的文章很多，杜甫的这一篇能够独树一帜，在于他与崔颢写黄鹤楼一样，都从登高中体会到了人生哲理。我们在写生活游记、观后感的时候，一方面要把风景写好，另一方面也要像他们一样，引申出一个具有人生高度的哲理，这会令文章增色不少。

### ◎ 智慧点拨

“会当凌绝顶，一览众山小”这句名言可以成为青年人努力奋进的座右铭，挂在书房中时时提醒自己，只有争取到更好的机会去发展自己，才能将人生把握在自己手中。青年时候，我们很少为自己选择道路，都是父母和长辈在帮我们做决定。但是今后的人生还是要自己走完，只有智慧能帮我们做出理性的抉择，使我们踏上前往绝顶的路，以便将来有一天，我们可以“一览众山小”。

## 乾坤日夜浮——杜甫《登岳阳楼》

### 登岳阳楼

杜甫

昔闻洞庭水，今上岳阳楼①。
吴楚东南坼②，乾坤日夜浮。
亲朋无一字，老病有孤舟。
戎马关山北，凭轩涕泗流。

①岳阳楼：在今湖南岳阳，临洞庭湖。②坼：裂开。这句是说辽阔的吴楚两地被洞庭湖一水分割。

早就听说洞庭水好，今天终于登上了岳阳楼来一看究竟。只见吴楚两地被浩瀚的湖水分割于东南；苍茫的湖水日夜驮负着天地乾坤。亲朋故旧没有一个字寄给漂泊江湖的我，衰老多病的人儿只有生活在孤舟上。如今站在岳阳楼上，遥望关山以北仍是兵荒马乱，我不禁潸然泪下。

### 沉郁之美

寒冬十二月，杜甫孤身漂泊到岳阳，登上了神往已久的岳阳楼。面对洞庭湖，诗人由衷赞叹她的秀美与壮阔；但晚年漂泊不定的经历，以及国家多难的现实，让他不能只顾风景。江山之壮阔与杜甫胸襟之悲壮，犹如这首诗的外表和内在，表里如一，因而有哀而不伤、沉郁激昂的美。

### ◎ 写作指导

“亲朋无一字，老病有孤舟”这十个字，一下子将杜甫晚年的孤独、病弱、漂泊、清贫等都说了出来，原本非常复杂的情绪，在这样简简单单的句子中表露无遗。想一想，用一句话来总结现在的你或者亲友的生活状况，该提取哪些关键词来体现呢？

◎ 智慧点拨

孟浩然在《望洞庭湖赠张丞相》中说洞庭湖“气蒸云梦泽，波撼岳阳城”。岳阳楼与武汉的黄鹤楼、南昌的滕王阁并称中国的三大文化名楼，关于它们的诗文不计其数。建议我们在自己的旅行计划上，除了游乐园、电影院这样的现代场所，也添几个岳阳楼、黄鹤楼这样的名胜古迹，去感受一下古人的足迹。

## 烟笼寒水月笼沙——杜牧《泊秦淮》

### 泊秦淮①

杜牧

烟笼寒水月笼沙，夜泊秦淮近酒家。
商女②不知亡国恨，隔江犹唱后庭花③。

①秦淮：即秦淮河。②商女：有人说商女就是歌女，即在酒楼或船舫中以卖唱为生的女子。也有人说商女是商人家的女子。③后庭花：陈后主李煜创作的《玉树后庭花》。

烟雾笼罩下的秦淮河，被月光映衬得如梦似幻。这样宁静的夜里，船停靠在了岸边，与酒家相邻。天真的歌女不知道亡国的悲与恨，在对岸唱着亡国的《玉树后庭花》。

### 遗忘之美

歌女们唱歌，只是为了让客人们高兴。可见不知亡国之恨的，其实是那些饮酒作乐的人们。是历史容易被人遗忘，还是人们故意去忘却历史？不知亡国之恨的遗忘，有一种让人不胜唏嘘的凄美、悲凉。而这种情感，正与助兴歌唱的商女形成强烈的对比。“商女不知亡国恨，隔江犹唱后庭花”，这歌声至今仍在耳边回响。

◎ 写作指导

杜牧是一个对历史具有真知灼见的诗人，他总是一语惊人。《过华清宫》中“一骑红尘妃子笑，无人知是荔枝来”；《赤壁》中“东风不与周郎便，铜雀春深锁二乔”；《乌江亭》有“江东子弟多才俊，卷土重来未可知”……这些都是对历史兴亡成败的议论，也成了千古佳句，被后世竞相效仿。评史一定要有独特的视角，也要能自圆其说，不可随性而发，无凭无据。

◎ 智慧点拨

杜牧有浓厚的家学渊源，他的爷爷是编写《通典》的杜佑。出生于一个文人世家中，杜牧从小就能文善诗。但是面对晚唐的衰景，他怎能安于做一个舞文弄墨之人，于是写下了一首首讽刺朝廷腐败的怀古诗作，为大唐的命运担忧心碎。

## 千里澄江似练——王安石《桂枝香·金陵怀古》

### 桂枝香·金陵怀古

王安石

登临送目①，正故国②晚秋，天气初肃。千里澄江似练，翠峰如簇。征帆去棹③残阳里，背西风，酒旗斜矗。彩舟云淡，星河鹭起④，画图难足。

念往昔，繁华竞逐，叹门外楼头⑤，悲恨相续⑥。千古凭高对此，谩嗟荣辱⑦。六朝旧事随流水，但寒烟衰草凝绿。至今商女，时时犹唱，《后庭》遗曲。

①登临送目：登山临水，举目望远。②故国：旧时的都城，指金陵。③去棹：来往的船。棹，划船的一种工具，形似桨，也可引申为船。④星河鹭起：白鹭从水中沙洲上飞起。星河，这里指长江。⑤门外楼头：指南朝陈亡国惨剧。语出杜牧《台城曲》："门外韩擒虎，楼头张丽华。"韩擒虎是隋朝开国大将，他已带兵来到金陵朱雀门（南门）外，陈后主尚与他的宠妃张丽华于结绮阁上寻欢作乐。⑥悲恨相续：指亡国悲剧连续发生。⑦谩嗟荣辱：空叹什么荣耀耻辱。

登高极目，金陵正是一派晚秋景象，天气已有了肃杀之意。奔流千里的长江澄澈如一条白绢，青翠的山峰如箭镞挺立。张满了帆的小船在夕阳里疾驶，岸旁酒家的酒旗迎着西风飘拂。画船出没、云烟稀淡，白鹭时而停歇时而飞起，就是用最美的图画也难画尽这景色。

回想往昔，金陵人竞相攀比奢华，有朝陈亡国的悲恨接连相续。千古以来人们到此地，都忍不住感慨历史的得失荣辱。六朝风云全都随着流水而去，只有郊外的寒烟和野草还如以往那般苍绿。眼下的歌女不知什么是亡国恨，时时放声歌唱南唐后主的《后庭花》。

## 壮丽之美

金陵怀古的作品极多，光以《桂枝香》为调的词就有三十几首，但王安石的这首，被人尊称为金陵绝唱，苏东坡看后惊叹："王安石写词都成狐精了！"

金陵的美，既有自然风光的秀丽，"千里澄江似练，翠峰如簇"，更有人文景观和历史景观的厚重。要体现这样一个历史名城的美丽，王安石用了"澄江""翠峰""征帆""酒旗""彩舟""鹭起"，有自然有社会，构成一幅雄伟壮丽的金陵晚秋图。苍劲、开阔、大气，这种词风一扫五代作词华而不实的旧习，让词的表现力和品位都得到提升。

◎ 写作指导

“千里澄江似练，翠峰如簇”这句佳作不是王安石的独创，魏晋的谢朓有“余霞散成绮，澄江静如练”的诗句，被后人称道。王安石活用了这句诗，将大江如练概括得更加精准、简洁，与翠峰构成开阔的大场景。我们要学的也是这种活学活用的手法，有时候想到一个名句未必完全切合自己的语境，这时不妨自己动手“再加工”，也许就能锤炼出胜于前人的语句。

◎ 智慧点拨

《桂枝香·金陵怀古》可能作于王安石任江宁知府时，王安石是新政的领袖，他在作词上只是偶尔为之，但成就不凡。这首词放到两宋名作之中，不会有半点愧色。能有这样的成就，很重要的是因为王安石是一个积极入世的人，他能很冷静地看待历史，对生活充满了信心，所以他不会为了历史而哭泣，他要拿来学习、反思，然后融入自己的生活中，成为他改变生活的动力。学习知识不是为了掉书袋，生活才是学习的最终归宿。

# 卷七

# 节日有感

## 总把新桃换旧符——王安石《元日》

### 元日[①]

王安石

爆竹声中一岁除[②]，春风送暖入屠苏[③]。

千门万户曈曈[④]日，总把新桃换旧符[⑤]。

①元日：农历正月初一，即春节。②一岁除：一年已尽。③屠苏：一种药酒。古代大年初一，全家合饮这种用屠苏草浸泡的酒，以驱邪避瘟疫，求得长寿。④曈曈：日出时的光亮。⑤桃：即桃符。古人正月初一时，用桃木板写上神荼、郁垒两位神灵的名字，悬挂在门旁，用来压邪气。符：与桃意同。

在“噼里啪啦”的爆竹声中一年又过去了，春风送来暖意，人们饮着屠苏酒。天刚亮时，家家户户都取下了去年贴的门神，喜气洋洋地换上了新的桃符，迎接新年的第一天。

### 迎新之美

新年总是让人觉得万象更新，希望无限。放一阵鞭炮送走旧岁，再放一串烟花迎来新年。人们饮着屠苏酒，感受着春风的温暖。旭日的光辉普照千家万户，前景也充满了美好。最后一句“总把新桃换旧符”，既是写当时的民间习俗，又显示了除旧布新的意思。整首诗洋溢着迎接新年的快乐。

◎ 写作指导

每一个节日都有相应的习俗，春节会放鞭炮、饮屠苏酒、换门神像等，想一想，如果让你写元宵节，你会写哪些习俗来体现元宵的特点和乐趣呢？古代写元宵节的作品也很多，很快我们就会接触到了，所以开动脑筋想想吧。

◎ 智慧点拨

王安石是位诗人政治家，他的这首诗就是通过描写新年新气象，来抒发自己执政变法、除旧布新、强国富民的抱负，体现了乐观自信的情感。不论王安石的变法成就有多大，仅论他为了富国强兵而变法这种愿望，还是值得后人尊敬的。

## 众里寻他千百度——辛弃疾《青玉案·元夕》

### 青玉案·元夕①

辛弃疾

东风夜放花千树，更吹落、星如雨。

宝马雕车香满路。凤箫声动，玉壶②光转，一夜鱼龙舞。

蛾儿雪柳黄金缕③，笑语盈盈暗香去。

众里寻他千百度。蓦然回首，那人却在，灯火阑珊④处。

①元夕：正月十五为元宵节，这天的晚上就称元夕或元夜。②玉壶：比喻月亮。③蛾儿、雪柳、黄金缕：皆是古代妇女的首饰。这里指盛装的妇女。④阑珊：零落稀疏的样子。

东风一夜吹开了千树花朵，吹落了空中繁星，阵阵星雨划过。路上是华丽的香车宝马，各式各样的香气弥漫。凤箫声四处回荡，月光在云朵中忽明忽暗，到处是鱼龙形的彩灯在翻腾。

女子的头上都戴着亮丽的饰物，她们笑语盈盈，带着淡淡的香气与你擦肩而过。我苦苦寻找着那个人，但是没有结果，不经意间回头，却看见他就立在灯火阑珊的地方。

## 寻觅之美

春节过后，就是元宵节。在这个节日里，家家户户都出来观灯赏乐，街道上格外繁华。爆竹声声，张灯结彩，平日没有时间装扮的女子们，也都精心地化了妆、擦了粉，大家相见交谈甚欢，笑意盈盈。就在这样的背景中，却有一个人在四处张望，在茫茫人海中焦急地找寻着。找了半天也没有结果，以为是错过了。但是结果却不是这样，“众里寻他千百度。蓦然回首，那人却在，灯火阑珊处”。失而复得，他是该欣喜若狂，还是该说“原来你在这里”。

### ◎ 写作指导

传说杨贵妃“回眸一笑百媚生，六宫粉黛无颜色”，“蓦然回首”是一个诗意的动作，而且回首所见，必然是苦苦寻觅而不得的。这样“皆大欢喜”的情节是读者乐于接受的，也是一种故事模式。前面是大段的如何寻找，费尽心思，结尾是偶然的相遇和得到。我们写记叙文的时候，可以借鉴这样的大框架，来虚构一篇诗意的文章。

### ◎ 智慧点拨

王国维在《人间词话》中，将“众里寻他千百度。蓦然回首，那人却在，灯火阑珊处”比喻为人生的最高境界。只有经历多次周折和多年磨炼，人才能逐渐成熟，能看到别人看不到的东西，能体会到少年时忽略掉的情感，曾经的迷惘也会恍然大悟。所以，当我们遇到现在无法回答的人生质疑时，先不要急于找一个答案，答案可能在岁月之中。

## 人约黄昏后——欧阳修《生查子·元夕》

### 生查子·元夕

欧阳修

去年元夜①时，花市②灯如昼。月上柳梢头，人约黄昏后。

今年元夜时，月与灯依旧。不见去年人，泪湿春衫袖！

①元夜：元宵节的晚上。②花市：卖花、赏花的街市。

去年元宵夜，花市上灯光明亮如同白天。月亮初升柳梢之时，我正与佳人约会。今年元宵夜，不论月光还是灯光，都和去年一样明亮。可我却见不到去年那位佳人，伤心的泪水打湿了衣袖。

### 温婉之美

什么样的人会因为对方失约而偷偷流眼泪呢？一定是一个温柔多情的人。在这首诗中，赴约的人想着去年约会时的情景，“月上柳梢头，人约黄昏后”。集市热闹非凡，月儿也多情地窥探他们相会，真是美妙无比。但是，转眼想到现在，一切都与去年相似，只是少了伊人，也就顿时少了乐趣，不禁悲从中来。

### ◎ 写作指导

欧阳修是诗文革新的倡导者，他说得最多的是写文章要“文从字顺”。不一定要多么华丽、奇巧，只要能表达内心的真情实感就够了。我们读他的这首诗，也能感受到文从字顺的美感，而且丝毫不逊于那些华丽的骈文。文从字顺就是要流畅、平实、自然，无论处于什么阶段，写文章的时候都不能忘了这一点。

◎ 智慧点拨

欧阳修是一位政治家兼文人，他既是范仲淹庆历新政的支持者，也是诗文革新运动的领导者。三苏（苏洵、苏轼、苏辙）及曾巩、王安石都被他推荐和提拔过。欧阳修这个人很有主见，他虽然仰慕韩愈文章中的深厚雄博、汪洋恣肆，但并不亦步亦趋，而是开创了自己的风格。从欧阳修的身上，我们可以学到太多的做人智慧，归结到本质，就是做自己。

## 春城无处不飞花——韩翃《寒食》

### 寒食

韩翃①

春城无处不飞花，寒食②东风御柳斜。
日暮汉宫传蜡烛，轻烟散入五侯③家。

①韩翃（hóng）：字君平，唐代诗人，“大历十才子”之一。②寒食：寒食节是在清明节前两天（也说是一天）的一个传统节日。这一天家家禁火，只吃冷食。③五侯：泛指贵幸宠臣。

暮春时长安城里漫天飞舞着杨花，寒食节的袅袅东风中柳枝飞舞。黄昏宫里开始赏赐新蜡烛，皇帝贵戚家的屋顶最先升起轻烟。

### 飞絮之美

一到春天，北京城里各处都是飘舞的柳絮和杨花，北京人最能感受“春城无处不飞花”的感觉。写这句诗时，能够想见诗人定是立足高远，视野宽阔，才能看到全城飞花的景象。都城中到处飞花弥漫，千百年来都是如此，历史与现实相交会，飞花之中，出现了一个影影绰绰的古都。

◎ 写作指导

如果说“春城处处见飞花”也可以，但是还不够，而“春城无处不飞花”，双重否定加强了肯定的语气，可以说是没有地方不是在飞着杨柳絮。我们要表达强烈的语气，也可以用“无处不”这样的形式。

◎ 智慧点拨

寒食节的来历说法很多，其中最有名的就是为了纪念晋国公子的臣子介子推。春秋时代的晋国公子重耳流亡他处，介子推护驾跟随。重耳即位后，介子推却背着老母，躲入深山，宁愿烧死也不出来。介子推懂得功成身退，一方面他淡泊名利之心难能可贵，另一方面他坚忍不拔的意志也让人敬重。

## 借问酒家何处有——杜牧《清明》

### 清明

杜牧

清明①时节雨纷纷，路上行人欲断魂②。

借问酒家何处有？牧童遥指杏花村③。

①清明：农历二十四节气之一。②欲断魂：指心里忧郁愁苦，人显得失魂落魄。③杏花村：杏花深处的村庄。

清明时节下起了茸毛般的细雨，路上的行人都情绪低落、失魂落魄。我看见路边有一个牧童，便问他哪里有酒家。他手牧童指着一处，说杏花村就有。

### 哀思之美

清明节是纪念亡人的日子，这一天，人们要去看望已故的亲友先祖。想着当年的音容笑貌都掩埋在了黄土之下，怎能不教人“断魂”呢。杜牧的这首诗加重了哀思：毛毛细雨像是生者的眼泪，借酒消愁才会询问酒家何处。直到今天，人们在清明节还会吟诵杜牧这首诗。

### ◎ 写作指导

试想这里的清明节故事如果发生在一个清朗的日子里，还有这样的效果吗？作者可以自由地安排故事发生的天气背景，杜牧安排这个清明节下着毛毛细雨，很明显是为了使雨中的行人更有悲伤的感觉。想一想，不同的天气都对应着怎样的情绪呢？

### ◎ 智慧点拨

中国古代一直将祭祀看成是同宗教和政治一样重要的事，因为越是尊重故人，也就越能感到生者责任的重大。我们现在纪念南京大屠杀的日子，纪念人民英雄，不仅是表达对他们的哀思，也是在告诉自己，一定要不辜负这美好的人生，要去把握机会创造自己的人生。

## 盈盈一水间——古诗十九首之《迢迢牵牛星》

### 古诗十九首·迢迢牵牛星

迢迢[①]牵牛星，皎皎河汉女[②]。
纤纤擢[③]素手，札札弄机杼[④]。
终日不成章，泣涕零如雨。
河汉清且浅，相去复几许！
盈盈一水间，脉脉不得语。

①迢（tiáo）迢：遥远的样子。②河汉女：指织女星。③擢（zhuó）：引，抽，伸出的意思。④札（zhá）札：织布机发出的声音。杼（zhù）：织机上的工具。

牵牛星和织女星遥远而又明亮地挂在夜空中。织女曾用她雪白的双手，札札地穿梭织布。但一整天也没有织出有花纹的布来，哭得泪如雨下。如今银河看起来又清又浅，相隔能有多远呢？但正是这条又清又浅的河，让他们（即牛郎织女）含情脉脉相望却不能言语。

## 传说之美

牛郎织女的故事很早就有了。传说织女的母亲王母娘娘为了阻止他们相见，用头上的金钗划了一条天河，就是银河，只有在七夕的时候两人才能相会。而这首诗就创作于七夕之夜，他们相会了，但地上的多情人想到两人长年天各一方，于是替他们抒发了思念之情。

### ◎ 写作指导

这首诗最传神的一句是：盈盈一水间，脉脉不得语。“盈盈”表现出银河看起来很清很浅的样子，而“脉脉”表现了两个人只能用眼神交流、无法相会的无奈和悲伤。我们现在还用“含情脉脉”来形容不言说的情谊。叠词也能让文章读来含情脉脉。

### ◎ 智慧点拨

《古诗十九首》是人们在众多古诗中挑选出来的几首较好的作品。其中的每一篇都值得人们去细读。它们共同的特点是质朴、诚恳，直到今天，这些诗词还能引起人们的共鸣。

# 但愿人长久——苏轼《水调歌头·明月几时有》

## 水调歌头·明月几时有

苏轼

明月几时有？把酒问青天。不知天上宫阙①，今夕是何年。我欲乘风归去，又恐琼楼玉宇②，高处不胜③寒。起舞弄清影，何似在人间！

转朱阁，低绮户④，照无眠。不应有恨，何事长向别时圆？人有悲欢离合，月有阴晴圆缺，此事古难全。但愿人长久，千里共婵娟⑤。

①宫阙：宫殿。②琼楼玉宇：形容瑰丽堂皇的建筑物。这里指月中宫殿。③不胜：承受不住。④朱阁：朱红色的楼阁。绮户：刻有纹饰的门窗。⑤婵娟：这里指明月。

端起酒杯遥问苍天：何时有这样明亮的月光？转眼一想，不知道天上的宫殿此时是何时。我想要乘着清风而去，又担心天上的宫殿会太过清冷，让人不胜其寒。对着月光舞动，我形单影只，还是在人间更美好。

转过朱红的楼阁，月光低洒在雕花的窗上，照着床上惆怅无眠的人儿。明月不应该也有怨恨吧，但为什么总在我与亲人分别的时候才圆呢？人间有悲伤、欢喜、离别、相聚，月亮也有阴暗、明亮、圆满、残缺的时候，这事自古以来就无法十全十美。只愿离别的人能平安康健，纵然远隔千里，也能共享这明媚皎洁的月色。

### 祝福之美

这是苏东坡在中秋节的时候，怀念弟弟子由（苏辙）所写的词。

虽然他因为与家人分别而伤心，也对人世的变幻无常感到无奈，但在心底最深处，他只希望远在他乡的弟弟能够平平安安，共享中秋的月光。“但愿人长久，千里共婵娟”这一句话是所有离别的亲人、朋友共同的心声。

◎ 写作指导

“人有悲欢离合，月有阴晴圆缺，此事古难全”。月亮的阴晴圆缺让他想到人生的悲欢离合，同样是无法都完美的事情，这个道理在这样的比较中清楚明白地展现出来。这句话高度凝练，也具有高度美感。

◎ 智慧点拨

很多人只知道苏东坡作为文坛巨匠的一面，不知道他作为普通人的一面。作为兄长，苏东坡非常关心弟弟子由，但物质上，他反过来常常受到子由的照顾。他们的很多优秀的诗文，都是在一唱一和中产生的，这首《水调歌头》，就是他们分别六年后苏东坡写的。相比于文学上的荣誉，苏东坡更享受寻常的亲情，只是两兄弟因为在朝为官，身不由己，无法经常享受。我们身边也有亲人朋友，你是否珍惜了他们呢？

## 每逢佳节倍思亲——王维《九月九日忆山东兄弟》

### 九月九日忆山东①兄弟

王维

独在异乡为异客，每逢佳节倍②思亲。
遥知兄弟登高处，遍插茱萸③少一人。

①九月九日：指农历九月初九的重阳节，重阳节有登高、插茱萸、

饮菊花酒的习俗。山东：指华山以东。②倍：加倍，更加。③茱萸：又名越椒，一种香气浓烈的植物，传说重阳节佩戴茱萸袋，登高饮菊花酒，可避灾。

一个人在外漂泊，总是异乡的客人，没有归属感。每逢欢庆佳节，看到别人团圆的时候，就更加思念亲人。我想今天家中的兄弟们应该会登高吧，大家都插戴茱萸，只少我一人了。

## 亲情之美

只有漂泊在外的人，才能明白家的可贵。这首诗就是王维在外漂泊时所写，“独在异乡为异客，每逢佳节倍思亲”这一句，成为所有外出游子在佳节时自然而然想到的诗句。过节的习俗本来已经约定俗成了，没有什么新奇，但是因为与家人在一起，才会格外有趣，这就是亲情之美。

### ◎ 写作指导

“倍”字有成倍的意思，“每逢佳节倍思亲”，就是格外地想念亲人；“农家少闲月，五月倍忙人”，就是特别的忙碌；“零落残红倍黯然”，就是比以往要更黯淡；“秋来秋色倍萧萧”，就是萧瑟到最萧瑟处……含有“倍”的诗句很多，想一想我们写作时该怎样使用这个字？

### ◎ 智慧点拨

亲情是身在其中的人没有感觉，不在其中的人欲求不得的东西，它也是人的一生中最稳固、最可靠的一种感情。有一句话叫作“树欲静而风不止，子欲养而亲不待”，就是说孩子要珍惜与父母在一起的时光，不要以为自己长大了给父母买东西才是孝顺，平时在生活中尊重他们，对他们有耐心，等到离开父母的时候，他们回忆起你所做的一切，会感到幸福。

## 万里悲秋常作客——杜甫《登高》

### 登高[1]

杜甫

风急天高猿啸哀，渚清沙白鸟飞回。
无边落木萧萧[2]下，不尽长江滚滚来。
万里悲秋常作客，百年[3]多病独登台。
艰难苦恨繁霜鬓[4]，潦倒新停浊酒杯。

①诗题又作《九日登高》。作于唐代宗大历二年（767）秋天的重阳节。②萧萧：模拟草木飘落的声音。③百年：这里借指晚年。④繁霜鬓：像厚重白霜似的鬓发。

山顶风大天高，四周都是猴猿悲哀的叫声。遥看江中的小洲青葱、岸边的河沙白细，鸟儿开始准备南迁。无边无际的树木被秋风一吹，黄叶纷纷落下；长江之水日夜奔腾不息。面对秋景，不禁悲哀自己长年在外漂泊万里；晚年多病的我今日独自登上高台。生活的艰难困苦让我双鬓花白，穷困潦倒如此，偏又停下了消愁的酒杯。

### 自伤之美

再没有哪首诗中的形象能有《登高》中的杜甫可怜了：他形单影只、疾病缠身、垂垂老矣、穷困潦倒，但这一切还只是外在苦难，最让他感伤的，还是他内心的清醒、对生活的深刻思考，这些思想使他比落魄的流浪者要痛苦得多，使他不能借酒消愁，而要在这重阳节中登高赋诗。在这清醒的自我感伤当中，杜甫清瘦、睿智的形象越发突出了。

◎ 写作指导

这首诗中的名句“无边落木萧萧下，不尽长江滚滚来”与“晴川历历汉阳树，芳草萋萋鹦鹉洲”有共同的情感，都是在写空阔的大自然，但是两者的场景又有不同，比较它们两者的画面，说出你认为更美的一句。

◎ 智慧点拨

面对困难，有的人用酒精来麻醉自己，有的人却“新停浊酒杯”。虽然放下酒杯保持清醒的人会比大醉的人更痛苦，但从做人来说，清醒的人更勇敢，因为他敢于面对，没有逃避，也没有否认。任何困难都是一段时间的，它不会永远困扰着你，越早地去面对它，也就越早能得到答案。

# 卷八

# 亲友相思

## 凭君传语报平安——岑参《逢入京使》

### 逢入京使

岑参

故园东望路漫漫，双袖龙钟①泪不干。

马上相逢无纸笔，凭君传语②报平安。

①龙钟：沾湿的样子。②传语：捎口信。

向东望去，回家的路多么漫长。想到这里，我的热泪打湿了两只衣袖还不能停止。骑马走在街上，突然看见要进京的使者。可惜现在没有纸笔写家书，就劳烦您帮我给家人说一声我很平安吧。

### 传语之美

张籍有一首诗说想请人带一封家书，但是“复恐匆匆说不尽，行人临发又开封”。岑参的这首诗却比他更匆匆，因为是“马上相逢无纸笔”，只好“凭君传语报平安”。可以想见他听说有人要进京的时候，想到没有时间写信拍着大腿着急的样子，左思右想，又被连连催促，只好说：“劳驾您替我报一声平安吧。”这一句“传语”，传达了游子说不尽的思乡之情。

◎ 写作指导

即兴之作往往能爆发出深思熟虑也达不到的力量，就像这首诗中所说的“传语”，实在是没有办法的办法。

◎ 智慧点拨

“马上相逢无纸笔，凭君传语报平安”是诗人马上相逢行者匆匆的口气，写出了自古以来人们对家乡的思念，十分传神。岑参此行是抱着功名只向马上取的雄心，此时，他的心情是复杂的，但这首诗基调并不消沉，表现了诗人开阔豪迈的胸襟。这也启示现代人为理想在外拼搏时，纵使思念故乡，也要保持昂扬乐观的心态。

## 床前明月光——李白《静夜思》

### 静夜思①

李白

床前明月光，疑是地上霜。
举头望明月，低头思故乡。

①静夜思：在静静的夜晚所引起的乡思。

床前有雪白的月光，让我以为是满地秋霜。举头看到月儿圆满，低头思念起我的家乡。

### 月光之美

在夜里欣赏过月色的人都知道，月光是平静如水、雪白如霜的。它照耀到哪里，哪里就变得安静、温柔。李白的这首《静夜思》，用简单的句子表达了月色的这种特点。“床前明月光，疑是地上霜”，让人一望即知。紧接着，这铺洒的月色让他抬起头来，看到了天空中的明月，很自然地，他垂下了头，在月色中思念起自己的故乡。这首诗是每个中国人心中最早的思乡种子。

◎ 写作指导

“举头望明月，低头思故乡”，一举头一低头，既是相衔接的两个动作，又是两种完全不同的心情：赏月与思乡，过渡得自然而紧凑。我们在从景色转到抒情的时候，也要学会自然而然的过渡，既不能太生硬、毫无预兆，也不能太拖沓，让读者失去耐心。

◎ 智慧点拨

李白曾说“我寄愁心与明月，随君直到夜郎西”，明月与李白之间，似乎有某种约定。明月是乡愁与团圆的象征，明月是中国传统文化的“形象大使”。但是在今天，还有多少人能对着明月记起那些古人的佳句名篇？似乎我们的月亮，正在失去她的颜色。唯有走进古诗词，我们的明月才能复活，中国传统的文化才能复活起来。

## 何当共剪西窗烛——李商隐《夜雨寄北》

### 夜雨寄北

李商隐

君问归期未有期，巴山[①]夜雨涨秋池。
何当共剪西窗烛[②]，却[③]话巴山夜雨时。

①巴山：也叫大巴山，在今重庆、陕西、湖北三省市交界处；这里泛指巴蜀之地。②共剪西窗烛：指在西窗下伴着烛光（促膝倾谈）。③却：还，再。

你问我什么时候能回来，我也不能说一个具体日期，现在正是秋雨涨满巴山楚水的时候。何时能与你在西窗之下促膝长谈？再说一说这巴山的夜山。

### 问期之美

这首简单的四言诗，有两个问句，如同《燕歌行》一样，都是在问归期。但是李商隐的这首是被问的人在重复家人的问题，少了一些埋怨，多了一些无奈。你问我什么时候回去，你问我什么时候能够促膝长谈。这两句说明作者的心中，也是特别希望能够给家人一个确切的答复。也正是这两个重复，泄露了他思念亲人的心情。

◎ 写作指导

“巴山夜雨涨秋池”，这七字每一个字都交代了一个重要的信息：是巴蜀之地的山中，是夜里，下着雨，在秋天，有一个池塘涨起了水。这就是高度概括总结的典范。如果让我们以同样的方式去写夏天的风，要如何写呢？

◎ 智慧点拨

你和家人在一起的时候，有“共剪西窗烛”的经历吗？与亲人相处，并不一定要无休止地闲谈，但是交流却是必不可少的。很多家庭的误会，都是事先没有沟通造成的。因此多多交流，多多听取别人的想法，家庭才更加团结，更加和谐。

## 春蚕到死丝方尽——李商隐《无题》

### 无题

李商隐

相见时难别亦难，东风无力百花残。
春蚕到死丝方尽，蜡炬成灰泪始干。
晓镜但愁云鬓①改，夜吟应觉月光寒。
蓬山②此去无多路，青鸟③殷勤为探看。

①云鬓：女子多而美的头发，比喻青春年华。②蓬山：传说中的海上仙山蓬莱山，比喻被怀念者住的地方。③青鸟：神话中为西王母传递音讯的信使。

见面的机会难得，分别时也难舍难分，况且在这风吹花落的暮春时节，更使人伤感。春蚕到死时才吐完丝，一如我对你的思念；蜡烛要燃完时像泪一样的蜡油才能滴干，一如我内心的悲伤。女子清晨照镜，只担忧丰盛如云的鬓发改变颜色，青春的容颜消失；男子对月吟诗，也当感到不胜孤寒。我知道你就住在不远的蓬莱山，却无路可通。希望有青鸟一样的使者殷勤地为我去探看，传递消息。

## 隐喻之美

李商隐的诗总是带着淡淡的哀愁，这一首《无题》，可以称作是他最具代表性的作品之一。“春蚕到死丝方尽，蜡炬成灰泪始干”，“丝”如“思”，蜡油如泪，这两个比喻说明了诗人对爱人的思念，是终生不渝的，会陪伴他到生命的最后一刻。春蚕与蜡炬，都是生活中的常见之物，但是经过李商隐的运用，成了奉献与真情的象征。今天也有人用它们来形容教师在讲台上奉献自己的知识和青春。

### ◎ 写作指导

这首诗虽然叫作《无题》，但它的主旨非常明晰，就是表达对亲人的思念之情。这里的“无题”，只是作者不想给诗取名字，就像北大的“未名湖”一样，无名就是名字。我们写文章的时候，可以“无题”，但是不能没有主题。在下笔之前一定要明白这篇文章是要说什么，否则就成了没有存在价值的废品了。

### ◎ 智慧点拨

人生中最痛苦的事情之一就是失去亲友，事业失败还可以从头再来，但是生命是一去不回的。李商隐写了很多悼念亡妻的作品，每一首都让人读来流泪。生命短暂，我们能够和亲人在一起的时间并不算多，所以好好地珍惜当下吧。

## 曾经沧海难为水——元稹《离思·其四》

### 离思·其四

元稹

曾经[1]沧海难为水，除却巫山不是云。

取次[2]花丛懒回顾，半缘[3]修道[4]半缘君。

①曾经：曾经历过。经，经历、经过。②取次：草草，仓促。③半缘：一半因为。④修道：指作者既信佛也信道，也可指品德学问的修养。

曾经经历过无比深广的沧海的人，再难以被别处的水吸引；除了巫山之云，别处的云都不能算得上云。仓促从花丛中经过，我却懒得回头，一半是因为要潜心尊佛修道，一半是为了你。

### 决绝之美

“曾经沧海难为水，除却巫山不是云”，这一句说的是，在诗人的心中只有沧海才算得上水，只有巫山的云才算得上云，此外，所有的江水和云雾都不是水和云。后面又说，我再也不想看那些鲜艳的花朵，也不被它们吸引，我的心已经沉寂下来。为什么如此决绝呢？那是因为“半缘修道半缘君”，有一半的原因，还是为了你。这样的忠贞不渝，怎不令人感动呢？

### ◎ 写作指导

与“曾经沧海难为水，除却巫山不是云”相似的诗句还有徐霞客的“五岳归来不看山，黄山归来不看岳”。它们都是通过“排斥”别的美景，来证明所写的事物是自己心目中最好的，表明它的无可替代。有一些东西的确是人生中不能替代和遗忘的，当我们要表达这样的情感时，可以用这种排他的写法。

◎ 智慧点拨

我们都知道猴子掰玉米的故事，它总是想着往后的会更好，于是一边走一边丢，最后走出玉米地的时候，手里拿的不过是一根很一般的玉米。很多人都有这样的心态，总觉得下一个会比眼前的更好，于是见异思迁。元稹的这首《离思》，却在告诉我们，有的人和机会，是一旦错过就不会再回来的，是永远无可替代的。

## 人面桃花相映红——崔护《题都城南庄》

### 题都城①南庄

崔护

去年今日此门中，人面②桃花相映红。
人面不知何处去，桃花依旧笑③春风。

①都城：长安。②人面：一个姑娘的脸。第三句中“人面”指代姑娘。③笑：形容桃花盛开的样子。

去年的今日，也是在这扇门前，伊人的面容与灿烂的桃花相映成趣，分外娇艳。但是今日此地，伊人却不知道去了哪里，只留下桃花笑对春风盛放。

### 相映之美

诗人没有说他遇见的那个女子面容如何，但是他说“人面桃花相映红”，春风中的桃花人人都非常喜爱，而这位伊人的面容竟能映得桃花分外红艳，人面之美可以想见；而本来已经很美的面容，在桃花的映照之下也显得更加青春美貌，风韵袭人。“相映生色”，一幅色彩浓丽、两美相辉的人面桃花图，我们也就能“思而得之”了。面对这样的美景，诗人的心事也就心知肚明了。

◎ 写作指导

读这首诗，我们很容易联想到欧阳修的《生查子·元夕》，两篇作品都是写去年与今年在同一个时刻的差异，比较一下，两篇作品表达的感情上有哪些细微的变化，你能根据这两篇作品，写一篇《有约不来》的文章吗？

◎ 智慧点拨

爱情是人类最美好的感情之一，崔护歌咏的也正是一段纯真的感情。爱情自然而然地产生，它不需要任何特别的理由，但是却需要很多成熟的条件，就像花朵一定要盛放凋零之后，才能有果实。所以，爱情虽然值得憧憬，却是一样可遇不可求的东西，需要生理和心理上的双重成长，才能体会。

## 天涯共此时——张九龄《望月怀远》

### 望月怀远

张九龄

海上生明月，天涯共此时。
情人怨遥夜，竟夕[1]起相思。
灭烛怜光满，披衣觉露滋[2]。
不堪盈手赠，还寝梦佳期。

①竟夕：一整个晚上。②滋：润泽。

海上徐徐升起一轮明月，远在天涯的朋友正在和我一同仰望。天各一方的有情人怨恨黑夜漫长，一整夜都辗转反侧，思念着对方。吹灭了烛光只觉得月色太亮，披衣散步又觉得秋露太凉。夜色虽美但无法送给远方的亲人，不如回去睡觉，或许可以在梦中相会。

### 微妙之美

这首《望月远怀》如一枚橄榄，初尝并不感到惊喜，但是余味无尽。“海上生明月，天涯共此时”的意境雄浑豁达，也写出了天各一方的亲友相互思念时，同望明月的场景。要说它的妙处，就在于把握住了心神不宁的人的微妙心理。“灭烛怜光满，披衣觉露滋”，这两句写出了离开亲人的人总是感到烦躁不安的状态，只有亲身体会过离别的人，才能写出这样的佳句。

### ◎ 写作指导

“海上生明月”这一句读起来很平淡，与谢灵运的“池塘生春草”，谢朓的“大江流日夜”，以及张九龄另一首诗中的“孤鸿海上来”风格很相似。这些句子没有一个奇特的字眼，看起来平淡无奇，却具有一种自然浑融的气象。仔细体会这些诗句，看看它们相似的原因是什么，找到这个原因，你也能写出佳句。

### ◎ 智慧点拨

相思不眠之际，有什么可以相赠对方呢？只有满手的月光。还从来没有人能收到月光这样的礼物，但是收到张九龄这首写月光诗的人，肯定会觉得很幸福。送礼只是沟通感情的一个方式，礼物之所以珍贵，是因为其中包含了朋友的一片心意。我们常说“礼轻情意重”，所以生活中不要太在意礼物的贵贱，而要看重亲人朋友之间的真情。

## 泪眼问花花不语——欧阳修《蝶恋花·庭院深深深几许》

### 蝶恋花·庭院深深深几许

欧阳修

庭院深深深几许，杨柳堆烟，帘幕无重数。玉勒雕鞍游冶处，楼高不见章台路[①]。

雨横风狂三月暮，门掩黄昏，无计留春住。泪眼问花花不语，乱红飞过秋千去。

①章台路：汉朝时长安的一条街，后人以章台为歌伎聚居之所。

这庭院到底有多深呢？反正只看见杨柳连着杨柳，帘幕遮着帘幕，数也数不尽。在一片高楼之外，就是夫君骑着玉勒雕鞍的花马游玩的歌舞之地了，但是想看也看不见。

三月尾上的风雨格外蛮横，就算是重门深锁，也留不住园中的春天。带着点点泪痕，询问春花为何无情，但是花儿沉默不语，一阵风过后，片片落红飞到秋千外。

## 泪眼之美

多情之人常会问花问鸟，明知道它们不能回答，还是要借以排遣心中的苦闷。晚唐有两位诗人都有“问花”之句：温庭筠在《惜春词》中“百舌问花花不语”，严恽也说“尽日问花花不语”。欧阳修却是“泪眼问花花不语，乱红飞过秋千去”，他笔下的这位问花之人更加多情，更加柔媚。因为从“庭院深深深几许”来看，这应当是一位身份高贵的少妇；从“杨柳堆烟”“帘幕无重”这样的意境来看，她应该是害羞而多情的女子。这样的人还要“泪眼问花”，哭泣如梨花带雨，怎能不让人心动呢？

### ◎ 写作指导

欧阳修的《蝶恋花》能在众多怨情词中独树一帜，原因就在于他善于制造亮点，一是开头，一是结尾。“深深深”三个字，强调了庭院的深邃和主人公的怨恨之情；“乱红飞过秋千去”，落下的不仅是乱花，更是伤心人的眼泪。这两个亮点让人们对整首词印象深刻。好的开头和结尾，是一篇美文的基础。一开始就引人入胜，收笔处回味悠长，这样的文章定然令人喜欢。所以锤炼好文章的开头和结尾，一定会收到事半功倍的效果。

◎ 智慧点拨

词中的这个女子心事重重，郁郁寡欢，她只能像一朵春花一样等待枯萎，毫无自主的能力。将幸福寄托在别人的身上，这样的人很难快乐。古代嫁入豪门的女子情有可原，但是在今天，这样的悲情是不应该存在的，我们完全有能力也有机会去追求独立和属于自己的幸福。

# 卷九

# 聚散送诗

## 海内存知己——王勃《送杜少府之任蜀州》

### 送杜少府[1]之[2]任蜀州

王勃

城阙[3]辅三秦[4]，风烟望五津[5]。

与君离别意，同是宦游[6]人。

海内存知己，天涯若比邻。

无为在歧路[7]，儿女共沾巾[8]。

①少府：官名。②之：到，往。③城阙（què）：长安。④三秦：泛指秦岭以北、函谷关以西的关中地区。项羽灭秦后，把战国时期的秦国故地分为三部分，分封给秦朝的三个降将，因此称为“三秦”。⑤五津：四川岷江古有白华津、万里津、江首津、涉头津、江南津五个著名渡口，合称五津。此泛指四川。⑥宦游：出外做官。⑦歧路：告别的地方。⑧沾巾：挥泪告别。

辽阔的三秦大地护卫着巍峨的长安，你要奔赴的蜀地，却是一片风烟迷茫。即将离别时，我不由得生出无限感慨，你我都是远离故土，在仕途上四处奔走的游子。人世间只要是志同道合的朋友，即使远在天涯，也似在身边。不要在分手时徘徊忧伤，像多情的儿女一样，任泪水打湿衣裳。

### 勉励之美

此诗为送别诗名篇。一般来说，人们在同自己的亲戚、朋友离别时，心里总是难过的，有的甚至流下眼泪来。但是，王勃诗中“海内存知己，天涯若比邻”二句别开生面，用自然朴实的语言、乐观的态度，勉励友人，也是在勉励自己。眼前的分别尽管让人忧伤，但我们更应该把目光放在未来。写出了朋友之间的真挚友情，心胸开阔，目光远大，感情饱满，让人不觉振奋起来。

◎ 写作指导

王勃诗中的“无为在歧路，儿女共沾巾”二句是从曹植的《赠白马王彪》中“忧思成疾疢，无乃儿女仁”一句脱化出来。但是人们不得不承认，相比曹植原句，王勃的诗更凝练、更鲜明。“沾巾”，体现了儿女哭泣擦泪之态，“歧路”更加深了悲伤的气氛，让人感觉分别的人就在眼前一样。这提醒我们在写作练习中，注意借鉴前人的东西，但一定要有所创新，争取突破。

◎ 智慧点拨

古往今来，分别就是一个伤感的话题，它像一片乌云笼罩在人们的心头。王勃与杜少府同是远离家乡的宦游人，王勃却没有陷进伤感的旋涡，诗人似乎在告诉友人，也是在告诉我们，分离是必然的，但伤感却可以避免。悲欢离合只是寻常事，只要心意相连，纵然相隔千里，也无法割断彼此的友情。这体现了诗人广阔的胸襟和豪爽的气概，对人生充满了积极向上的态度。

## 莫愁前路无知己——高适《别董大二首·其一》

### 别董大二首（其一）

高适

千里①黄云②白日曛③，北风吹雁雪纷纷。
莫愁前路无知己④，天下谁人不识君。

①千里：一作“十里”。②黄云：阴云。③曛：昏暗。④知己：知心朋友。

一望无际的野外，漫天的乌云把阳光遮住，一片昏暗，寒冷的北风刚刚送走了雁群，又带来了纷纷扬扬的大雪。请你不要担心前方的道路上没有知心朋友，全天下有谁不会认识像你这样才华横溢的人呢？

## 苍凉之美

在一个寒冷的日子，诗人即将与老朋友分别，本来离别已经使人很忧伤了，何况北风呼啸，乌云漫天。“千里黄云白日曛，北风吹雁雪纷纷”，描绘送别时候的自然景色。黄云蔽天，绵延千里，日色只剩下一点余光。又刮起了北风，下起了大雪。一群征雁疾速地从空中掠过，往南方飞去。这些景物描写比较客观，处处显示着送别的气氛，很容易引发人们的愁苦心绪，如此凄凉意境，仿佛已经浮现在我们眼前。

### ◎ 写作指导

高适的这首送别诗中“莫愁前路无知己，天下谁人不识君”，与王勃的名句“海内存知己，天涯若比邻”有异曲同工之妙，仔细想想，你可以根据自己的理解和查资料说说此诗的独特之处在哪里？你还可以把你认为用得最精美的词语找出来，写一写它们的意思，并尝试在写作中运用它们。

### ◎ 智慧点拨

诗人在写这首诗的时候，恰逢际遇不得意，到处游荡，贫穷得甚至没有买酒的钱。但就在这种境遇之中，诗人要与好朋友告别了，想到未来，诗人满是惆怅，却在凄凉中也寄托着对未来的希望，诗人以开阔的胸襟、豪迈的语调把临别赠言说得激昂慷慨、鼓舞人心。在鼓舞友人的同时，也是告诉自己，光明的前途就在不远处，满怀信心和力量勇敢地迎接人生的挑战吧！

## 孤帆远影碧空尽——李白《黄鹤楼送孟浩然之广陵》

### 黄鹤楼①送孟浩然之广陵②

李白

故人西辞③黄鹤楼，烟花④三月下扬州。

孤帆远影碧空尽，惟见长江天际流。

①黄鹤楼：旧址在今湖北省武汉市武昌区黄鹄矶，背靠蛇山，俯临长江。②广陵：扬州的旧名。③西辞：黄鹤楼在广陵的西面，在黄鹤楼辞别去广陵，所以说“西辞”。④烟花：指柳如烟、花似锦的明媚春光。

我的老朋友孟浩然在黄鹤楼与我辞别，在这春光烂漫的三月，柳絮如烟、繁花似锦，他将乘船顺流而下到扬州去。孤单单的一只小船越走越远，只留下一点帆影，渐渐消失在碧空的尽头，最后只看见长江浩浩荡荡地向天边流去。

### 开阔之美

李白的这首《黄鹤楼送孟浩然之广陵》给我们呈现了一个广阔的时间和空间，意境壮美。“孤帆远影碧空尽，惟见长江天际流”，老朋友乘坐小舟渐行渐远，直至消失于白云碧水之间，而送行的李白依然伫立江边。这时只有一江汹涌的波浪，奔向碧空尽处，仿佛是去追赶行人。李白像用电影的特写镜头锁住帆影，逐渐前移。到水天交接处，帆影没有了，只剩下浩浩荡荡的长江流向天外。这时候，读者和送行者会一样把感情寄托在流水之中，而整个画幅的苍茫空阔，自然又要袭上心头。诗人制造的开阔空间，让人读了以后，余韵无穷。

### ◎ 写作指导

作文写作中离不开写景、抒情，但能够将写景与抒情达到高度融合，却不容易。李白在这首诗中就做到了这一点。想在写作中给景色以生命，使它具有长远的艺术效果，不仅要准确地表达这一景色，还要融进个人的真情实感。李白在这首诗里，把送别的依依之情，融入自然景色中，情即景，景即情，这就是作文写作中我们要达到的艺术效果。

◎ 智慧点拨

惜别友人，歌咏生活，寓情于景，在李白这首诗里得到了完美融合。一个对生活麻木、对友情淡漠的人是不会这样诗意地表达离别的，也不会这样用心写景，写出如此不同凡响的诗句。其实这背后隐藏着作者对自然景物的热爱，对大自然的无比崇拜。他纵情山水，陶冶性灵，滋养人生。由此我们不难明白，一个真正走进大自然的人，该是多么幸福。

## 山随平野尽——李白《渡荆门送别》

### 渡荆门送别

李白

渡远①荆门外，来从楚国游。
山随平野尽，江②入大荒流。
月下③飞天镜，云生结海楼④。
仍⑤怜故乡水，万里送行舟。

①远：远自。②江：长江。③下：移下。④海楼：海市蜃楼，指光折射产生的虚幻景象。⑤仍：频频。

乘船远道而来渡过荆门之外，来到古时的楚地漫游。连绵的高山随着低平的原野渐渐隐去。浩荡的江水在一望无际的原野中奔流。江上的月亮在水中的倒影好像天上飞下的一面天镜，云彩升起，变幻无穷，出现了一片绮丽的海市蜃楼。我更加怜爱故乡的江水，流过万里送我乘舟远行。

### 流动之美

在中国历代诗人中，写山水写得最为生动的一个伟大诗人便是李白。尤其这首诗中的“山随平野尽，江入大荒流”二句。前句形象地描绘了船出三峡、渡过荆门山后长江两岸的特有景色：山逐渐消失了，眼前是一望无际的低平的原野。这是一组运动感很强的画面，给人以流动感与空间感的双重冲击。“江入大荒流”，直接写出了江水奔腾直泻的气势，从荆门往远处望去，仿佛流入辽远的荒漠，显得天空寥廓，境界高远、气势逼人，表达出一种流动气势之美。

## ◎ 写作指导

《渡荆门送别》这首诗，李白巧妙地运用了移步换景的写作法，在景物变换中从不同角度描绘长江的近景与远景。移步换景法一般适合于游记或参观记，描写景物时，人走景移，随着观察点的变换，不断展现新画面。在作文写作中需要注意的是，在采用移步换景法描写景物时，首先要把观察点的变换交代清楚；其次要把移步中或移步后所见到的景物具体地展现出来，使读者看到一幅幅绚丽多彩、内容丰富的生动画面；最后要注意围绕一个中心展示不同的画面，要把一路上最有特色的景物描绘出来，删去一般性的描写，才能避免作文记流水账的感觉。

## ◎ 智慧点拨

远离故乡的游子，都有思乡的时候，李白自然也不例外，他曾在多首诗作中表达对故乡深深的思念。一句“仍怜故乡水”道出了李白对故乡深挚的感情。也许，我们现在还小，体会不到离家在外的感受，但我们要明白，一个离家在外的人无论什么时候、什么地点都不能忘记生你养你的故乡，一个人对故乡深沉的爱往往会成为他人生道路上前进的动力。

## 我寄愁心与明月——李白《闻王昌龄左迁龙标遥有此寄》

### 闻王昌龄[1]左迁[2]龙标遥有此寄

李白

杨花落尽子规[3]啼，闻道龙标[4]过五溪。

我寄愁心与明月，随风直到夜郎[5]西。

①王昌龄：唐代诗人，天宝年间被贬为龙标县尉。②左迁：古尊右卑左，左迁即贬官。③子规：即杜鹃鸟，啼声哀婉凄切。④龙标：在今湖南洪江。诗中指王昌龄，古人常用官职或任官之地的州县名来称呼一个人。⑤夜郎：汉代我国西南地区少数民族，曾在今贵州西部、北部和云南东北部及四川南部部分地区建立过政权，称为夜郎。

满树的杨花飘飘洒洒落尽了，到处有杜鹃的声声哀啼，听说你被贬到龙标去了，你一路上要经过五溪。就让我为你祝福吧，把因你而忧愁的心托付给天上的明月，伴随着你一直到那夜郎以西。

### 愁心之美

这首诗的感情分量相当沉重，诗的前两句通过对南国暮春景象的描写，烘托出一种哀伤惆怅的气氛。加上杜鹃鸟的哀鸣，此情此景更加凄切动人。更别说要穿过荒凉的不毛之地五溪。诗人想到老朋友被贬官的消息，于是“愁心”加剧，扬言要把愁心寄予明月，体现了诗人的心灵如明月般纯洁、光明，而且也意喻了只要明月还在，他们二人的友谊就会像皓月一样永远长久。正所谓“人生得一知己足矣”，不能不说李白这种无私的愁心美丽得有些动人。

### ◎ 写作指导

诗词中的明月，与明月有关的诗词，在历代诗人的笔下熠熠生辉。比如，谢庄《月赋》中有："美人迈兮音尘阙，隔千里兮共明月。"曹植《杂诗》中有："愿为南流景，驰光见我君。"张若虚《春江花月夜》中有："此时相望不相闻，愿逐月华流照君。"李白的"我寄愁心与明月，随君直到夜郎西。"这一名句运用了什么修辞方法？这样写有什么好处呢？同时你也可以把关于对月亮的美妙想法写出来，作为一种快乐练笔吧！

◎ 智慧点拨

在一个哀愁的季节，杜鹃和落花渲染着凝重的气氛，诗人李白的好朋友被贬官了，对他来说，这是一件忧愁万分的事情，诗人的心一路追随着友人，甚至忘记了自己所有的快乐。动情处，诗人激动得要把这份忧愁之心寄给明月，表明诗人对友人无私的情感。正因为李白无时无刻不在考虑着友人的喜怒哀乐，知道站在友人的位置考虑，才能写出如此深情的诗句，这充分体现了诗人无私的品质。想一想，我们对待朋友是不是也应该这样呢？

## 一片冰心在玉壶——王昌龄《芙蓉楼送辛渐》

### 芙蓉楼送辛渐①

王昌龄

寒雨连江②夜入吴，平明送客楚山③孤。
洛阳④亲友如相问，一片冰心⑤在玉壶。

①芙蓉楼：润州（今江苏镇江）的城楼。辛渐：作者的一位朋友。②寒雨连江：润州在长江边。这句是说，夜里长江上下了寒雨。③平明：清晨。楚山：春秋时的楚国在长江中下游一带，所以称这一带的山为楚山。④洛阳：今河南省洛阳市，是辛渐所去的地方。⑤冰心：比喻纯洁的心。

寒冷迷蒙的烟雨在夜幕中笼罩着吴地，像是从天上与浩渺的江水连成一片，天色微明，我将送你离开这里，自己却要独自留下，就像这形单影只的楚山一样。如果洛阳的亲友询问起我的消息，请你告诉他们，我的心像晶莹剔透的冰贮藏在玉壶中。

## 坚贞之美

这首诗有别于一般的送别诗，在这里诗人要抒发的不是对友人深深地眷恋，而是着重讲述自己的纯洁感情和高尚志向。诗人在诗中表达了一种坚贞的情怀，心如冰心在玉壶。早在南朝刘宋时期，诗人鲍照就用“清如玉壶冰”来比喻高洁清白的品格。自从开元宰相姚崇作《冰壶诫》以来，盛唐诗人如王维、崔颢、李白等都曾以冰壶自励，推崇光明磊落、表里澄澈的品格，追求的都是一种坚贞之美。

### ◎ 写作指导

这是一首流传甚广的绝佳好诗，原作共有两首，这是第一首。结合第二首看，全诗使用了倒叙的手法，倒叙是古往今来被人常常使用的一种写作手法。在表达时，我们可以根据需要，把事件的结局或某个最重要、最突出的片段从文章后面提到文章前边，然后再从事件的开头按事情原来的发展顺序进行叙述。多练习使用倒叙手法，对以后的写作是有帮助的。

### ◎ 智慧点拨

王昌龄虽写的是送别朋友的诗，却把离情别绪写得很淡，重笔写出了做人应有的高风亮节。这是诗人对自己一贯的要求。据《唐才子传》和《河岳英灵集》记载，王昌龄曾因不拘小节，被贬官到岭南，从岭南归来后，他被任为江宁丞，几年后再次被贬谪到更远的龙标，可见当时诗人一直处于众口交毁的恶劣环境之中。诗人在这里以晶莹透明的冰心玉壶自喻，是一种自信，也是一种自勉，表达了诗人开阔的心胸和坚强的性格。

## 劝君更尽一杯酒——王维《送元二使安西》

### 送元二[①]使[②]安西[③]

王维

渭城[④]朝雨浥[⑤]轻尘，客舍青青柳色新。

劝君更尽一杯酒，西出阳关[⑥]无故人。

①元二：姓元，排行第二，作者的好朋友。②使：出使。③安西：指唐代安西都护府。④渭城：秦时咸阳城，汉改渭城，在长安西北，渭水北岸。⑤浥（yì）：沾湿。⑥阳关：在今甘肃省敦煌市西南，是古代通西域的要道。

清晨，一场淅淅沥沥的春雨，沾湿了渭城地面上的灰尘，围绕在客店周围的柳树，枝条显得格外清新、翠绿。我的老朋友啊，你就要离开了，请你再喝一杯酒吧，因为出了阳关以后，你再也没有我这个老朋友相伴了。

### 柳色之美

诗人送别的日子是在春天的清晨，也许正是阳春三月，柳色刚刚返青，空气里溢满清新的味道，尤其一场春雨过后，柳色焕发出新绿，周围一派爽目的初春景象，一切都显得那么美好宜人。春色在诗人的笔下如此美丽，以致让人忘记了诗人还要送别友人，或许友人会在这样美的景色下不舍离去呢。

### ◎ 写作指导

王维《送元二使安西》的结尾与高适的《别董大》可以拿来对照，看看两者表达的情感在写作上有什么不同之处？你还可以通过收集古人的古诗，选出自己最喜欢的，再好好读一读，品味各自的特色。

◎ 智慧点拨

此诗是王维送友人去守护边疆的诗，对残酷无情的战争，曾经到访过边塞的诗人相当了解，“古来征战几人回”。王维所处的年代，各种民族冲突加剧，当时阳关以西还是穷荒绝域，朋友“西出阳关”凶多吉少，令诗人唏嘘不已。因此，这临行之际“劝君更尽一杯酒”就像是一杯浸透了诗人全部丰富深挚情谊的浓郁的感情琼浆，抒发了对老朋友未来的担忧之情，一种离情笼罩全诗。同时让我们再次强烈感受到：作为一位诗人，只有将个人命运和国家兴衰紧紧地相连，才能够创造出属于那个时代的伟大作品。对我们每个人来说同样如此，爱国爱他人，是一个人修养的重要部分。

## 病树前头万木春——刘禹锡《酬乐天扬州初逢席上见赠》

### 酬①乐天②扬州初逢席上见赠

刘禹锡

巴山楚水③凄凉地，二十三年弃置身。
怀旧空吟闻笛赋④，到乡翻似烂柯人⑤。
沉舟侧畔千帆过，病树前头万木春。
今日听君歌一曲⑥，暂凭杯酒长精神。

①酬：酬答。②乐天：指白居易，字乐天。③巴山楚水：指四川和两湖一带。刘禹锡先后被贬到朗州、连州、夔州、和州等地。夔州古属巴国，其他地方大都属楚国。④闻笛赋：指向秀的《思旧赋》。⑤烂柯人：传说晋人王质进山砍柴，看见两个童子在下棋就停下观看。看完棋后发现斧柄已经腐烂。回到家乡，发现已过去了百年，无人相识。⑥歌一曲：指白居易作的《醉赠刘二十八使君》一诗。

我在巴山楚水这个凄凉的地方，已经谪居二十三年的光阴了。

这次回到了故乡，人事皆非、恍如隔世，我只能吟诵闻笛小赋来抒发内心的悲叹。然而，沉船旁边有千帆驶过，病树的前头是万木争春。今天听了你为我吟诵的诗篇，让我感慨万千，就让我们暂且借杯中美酒来振奋精神吧。

## 沧桑之美

诗人被贬官到一个荒凉的地方，一待就是二十三年，远离故乡，远离亲友，怎不日夜牵肠挂肚。二十三年过后，诗人终于回到了自己的家乡，但时光已逝，如今许多老朋友都已去世，只能徒然地吟诵闻笛赋表示悼念而已。这次回来恍如隔世，觉得人事全非，不再是旧日光景了。诗人面对眼前的沧桑变化，把自己比喻成那个凄凉无助的烂柯人，可想内心是多么失落和凄凉。

### ◎ 写作指导

刘禹锡在诗文写作中巧妙地借用了西晋向秀《思旧赋》中的“闻笛赋”，怀念已死去的王叔文、柳宗元等人。“烂柯人”引自南朝《述异记》，刘禹锡借这个故事表达世事沧桑，暮年返乡恍如隔世的心情。“歌一曲”是指白居易的《醉赠刘二十八使君》一诗。这些典故不仅恰当地表达了作者的心境，也使诗文增色不少。使用典故是作文写作中的一项技能，正确地借用典故会为你的作品增加说服力和无限美感。

### ◎ 智慧点拨

刘禹锡的遭遇令人同情，贬谪异地长达二十三年，命运对他如此不公。好朋友白居易在给他的赠诗中也说同辈的人都升迁了，只有他在荒凉的地方寂寞地虚度了年华，颇为他抱不平。但我们看到诗人并没有哀叹消沉下去，他反过来劝慰白居易不必为自己的境遇而忧伤，诗人对世事变迁和仕宦升沉表现出了豁达的襟怀。那么，在生活中，只要我们正视现实，面对各种困难，不退缩、不畏惧、勇于开拓、发奋前进，你的面前就会是一片充满光明与希望的新天地。

## 野火烧不尽——白居易《赋得古原草送别》

### 赋得①古原草送别

白居易

离离②原上草，一岁一枯荣。

野火烧不尽，春风吹又生。

远芳③侵古道，晴翠④接荒城。

又送王孙⑤去，萋萋⑥满别情。

①赋得：凡是指定、限定的诗题，按惯例要在题目上加“赋得”二字。②离离：青草茂盛的样子。③远芳：草香远播。④晴翠：阳光下翠绿的野草。⑤王孙：本指贵族后代，这里指离家远游的友人。⑥萋萋：青草长得茂盛的样子。

生长在古原上的野草多么茂盛啊，它每年都要迎来一次枯萎和新生。即使是漫天野火也不能将它烧尽，等到来年，春风吹过，它又会重新破土而生。这时，草香无边，笼罩着古老的道路，阳光普照下，无边绿色连接着远处荒城。在这美好的春光里，我又要送别朋友去远方，那茂盛的春草好像也满含离别之情。

### 顽强之美

白居易的这首诗以古原上的小草为对象，向我们展示了小草顽强的生命力。其实，历来人们赋予小草的特性就是具有顽强的生命力，无论身在何处，它都斩不尽锄不绝，只要残存一点根须，很快就会蔓延整个原野。虽然野火燎原非常可怕，瞬息可以把大片枯草烧得精光，但是也无奈那深藏地底的根须，一旦春风化雨，野草便会复苏，以迅猛的长势，突破岩石等的重压，重新铺盖大地，证明自身顽强的力量。

◎ 写作指导

白居易这首诗之所以名声大噪，流传千古而不衰，与他写作时一贯的遣词造句有关。比如，这诗第三句中的“侵”“接”二字用得十分精当，写出了小草一种蔓延扩展之势，再一次突出强者野草的形象。另外，借芳草写送别在古诗词中经常出现，请你查找相关诗句，仔细品味，为以后的小草写作积累素材。比如，“青青河畔草，绵绵思远道”。

◎ 智慧点拨

小草是顽强精神的化身，一个具有小草精神的人，也是非常顽强的。拿诗人描写的小草精神来比喻人生是再恰当不过了。小草的生命极其短暂，一岁一枯是最好的写照。从我们出生的那一刻开始就注定要有这样一个过程，任何人都无法抗拒、无从选择，这就是人生。我们唯一可以掌握的是，面对困难时选择的是顽强还是懦弱，我们如何去对待人与事，如何活得更有价值与意义，诗人告诉我们，要怀有一种奋斗不息的信念，一种顽强拼搏的精神，不虚度青春年华。

## 一年好景君须记——苏轼《赠刘景文》

### 赠刘景文①

苏轼

荷尽已无擎雨盖②，菊残犹有傲霜③枝。

一年好景君④须记，最⑤是橙黄橘绿时。

①刘景文：刘季孙，字景文。时任北宋两浙兵马都监。苏轼称他为“慷慨奇士”。②擎雨盖：喻指荷叶。擎，举，向上托。③傲霜：不怕霜冻，坚强不屈。④君：你，指刘景文。⑤最：一作“正”。

池中的荷叶已经枯萎，再也不像夏天那样有圆圆的雨伞似的叶子了；菊花虽然也跟着残落，但那傲霜挺拔的菊枝在寒风中依然显得生机勃勃。请你一定要记住一年中最美的景物，是在秋末橙黄橘绿的时节啊！

## 色彩之美

在诗中，诗人为我们呈现了一幅秋末冬初图。这首诗是作者写给好友刘景文的，诗人在前两句抓住“荷尽”“菊残”描绘出秋末冬初的萧瑟景象。后两句冬景虽然萧瑟冷落，但也有硕果累累、成熟丰收的一面，尤其是那一派橙黄橘绿的绚烂色彩，让人眼花缭乱。因为橙、橘经受住初冬严寒之考验，不仅枝叶依然，显出盎然生机，而且色彩斑斓，结出色形俱佳、味道鲜美的果实。在这样寒冷的季节，多么难得，多么让人喜爱呀。

### ◎ 写作指导

这首诗风格独特，昂扬向上，利用秋景表达了胜似春景的美好情感，没有落入俗套，让人眼前一亮。这也提醒我们，在以后的写作中，时时刻刻都要有创新意识，这样写出的东西才会更有生命力。如果将此诗最后两句与韩愈《早春呈水部张十八员外》诗中“最是一年春好处，绝胜烟柳满皇都”相比较的话，你认为各有什么写作特色？

### ◎ 智慧点拨

苏轼在这里写的是秋景，却无古人写秋景时的哀伤、悲秋情绪。诗人在这里一反常情，热情地赞颂了深秋时节的丰硕景象，显露了勃勃生机，给人以昂扬、上进之感。其实，诗人这样写，是用来比喻人到壮年，虽青春流逝，但也是人生成熟、大有作为的黄金阶段，勉励朋友切不要意志消沉、妄自菲薄，应该珍惜眼前的大好时光，只要乐观向上、努力不懈，同样可以大有作为。

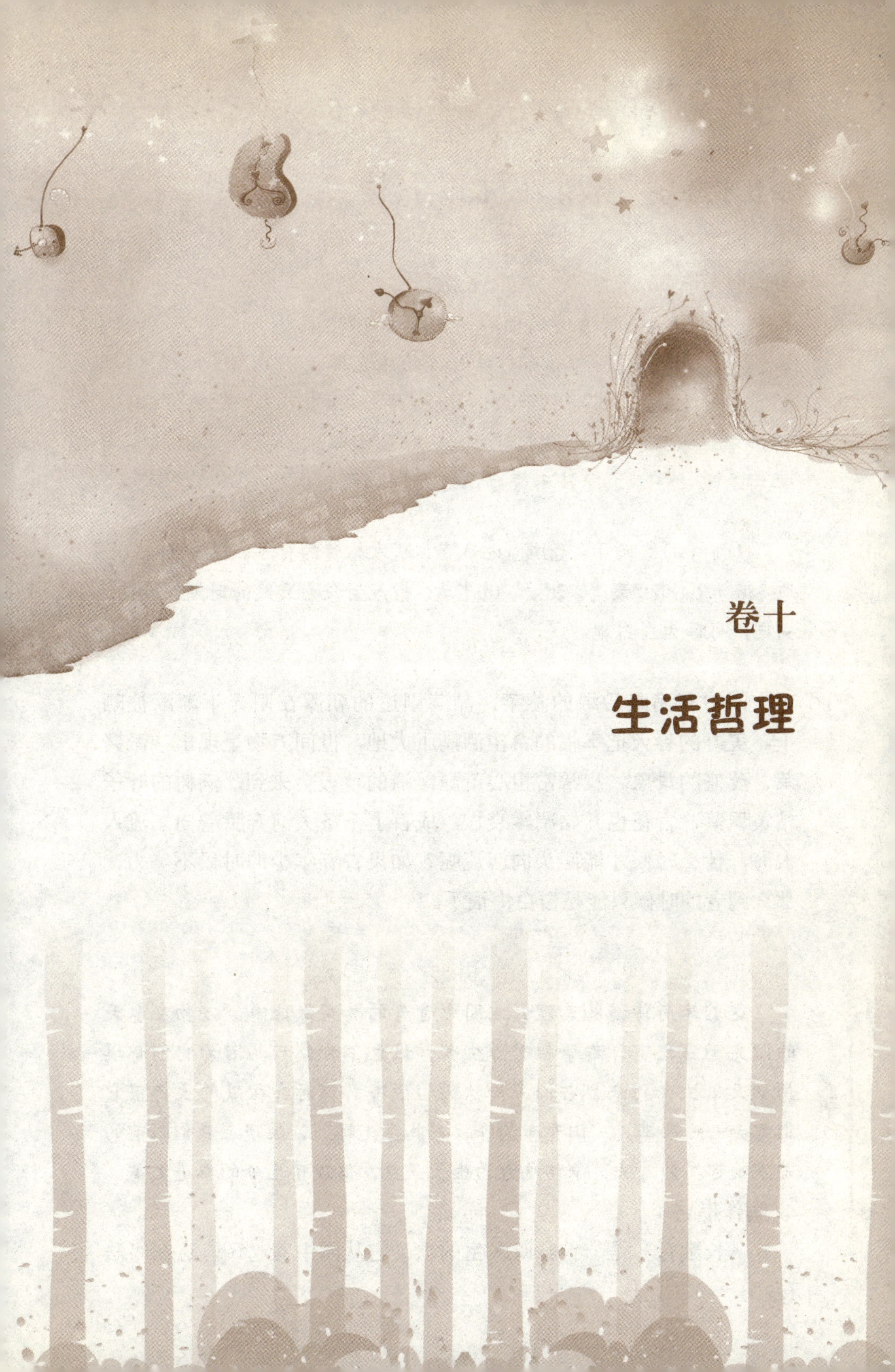

卷十

# 生活哲理

## 少壮不努力——汉乐府《长歌行》

### 长歌行

青青园中葵，朝露待日晞①。
阳春布德泽，万物生光辉。
常恐秋节至，焜黄②华③叶衰④。
百川东到海，何时复西归？
少壮不努力，老大⑤徒⑥伤悲。

①晞（xī）：晒干。②焜（kūn）黄：草木枯黄的样子。③华（huā）：通“花”。④衰：衰老，衰败。⑤老大：指人生命力衰败的时期。⑥徒：副词，可译为白白地。

园中有满眼碧绿的葵菜，晶莹剔透的朝露在阳光下渐渐被晒干。美好的春天把幸福的希望洒满了大地，世间万物呈现出一派繁荣、茂盛的景象。我常常担心萧瑟凄清的秋天会来到，满树的叶子枯黄飘落，百花也开始凋零衰亡。成百上千条大河奔腾着向东流入大海，什么时候才能回头向西流呢？如果青春年少的时候不努力，那么到老的时候只能是白白悔恨了。

### 奋进之美

这首乐府诗借物言理，以园中青青的葵菜做比喻。万物在春天的阳光雨露之下，都争相努力生长，谁也不甘落后。因为它们都惧怕秋天很快会到来。它们深知秋风的厉害，到时在秋风的吹拂下它们都会一一凋零。“阳春布德泽，万物生光辉”，展现在我们眼前的是万物都在仰着头，争相吃力的生长景象，体现了生命的奋进之美。

### ◎ 写作指导

《长歌行》是一首咏叹人生的歌。它从园中葵起调，这在写法上被称作“托物起兴”，人们称它是语言的智慧之花。赋、比、兴是我国古典诗歌的传统表现手法。宋代朱熹认为：“兴者，先言他物以引起所咏之词也。”即先去描写其他对象然后再引到自己要表达的对象上的一种写作手法。对托物起兴的了解和运用，可以培养我们写作时的想象能力。

◎ 智慧点拨

在这首诗中，诗人由园中葵的蓬勃生长写到整个自然界，由于有春天的阳光雨露滋养，万物都在闪耀着生命的光辉，到处是生机盎然、欣欣向荣的景象。自然界生命的节奏如此快，我们的人生又何尝不是这样呢？这就告诉我们，一个人在少年时如果不趁着大好时光努力学习奋斗，反而让青春白白浪费，等到年老之时后悔也来不及了。这首诗由眼前青春美景想到人生易逝，鼓励我们每个人要珍惜时光，努力向上，不断扩充自己的知识，不虚度生命的每一天。

## 正是男儿读书时——颜真卿《劝学》

### 劝学

颜真卿

三更灯火五更鸡①，正是男儿读书时。

黑发不知勤学早，白首方悔读书迟。

①三更：时间刻度，在半夜。五更：时间刻度，在拂晓。

勤奋的人总是读书到三更半夜才休息，到了五更听见鸡鸣，又开始起床学习。男儿读书就应该这样努力。年轻的时候不知道用功，等到白了头发再来后悔，就已经迟了。

### 规劝之美

颜真卿是唐代伟大的书法家，他的书法开创了“颜体”之风，同时他也是伟大的爱国者，有一颗热爱大唐的诚心。这样的人是历史上当之无愧的杰出人物，他对青少年的规劝，应该最有说服力。这首诗开篇就以勤奋的人为榜样，提醒男儿要效仿“三更灯火五更鸡”的刻苦精神。然后用时间对比来突出学习应该趁早，“黑发不知勤学早，白首方悔读书迟”，这句话至今仍是长辈们规劝年轻人用功读书的名句。

### ◎ 写作指导

古人喜欢用“黑发”“白首”来代指青年和老年，此外，还有“豆蔻”“弱冠”等说法，代指不同性别的不同年龄阶段。这种说法之所以能通行，是因为这些称呼都抓住了人成长时期的主要特征，这些特征必是只有此一时有的。想一想，还能用什么来代指年轻人呢？

### ◎ 智慧点拨

“黑发不知勤学早，白首方悔读书迟”这句话，应该成为所有青少年的座右铭。也许你现在还不觉得读书学习有必要，但是书到用时方恨少，等到你意识到自己与别人的巨大差距时，就已经太晚了。人生的青春只有一次，世界上没有后悔药，所以在尚且有时间、有精力的时候要多读书、多积累，这样你的人生才不会因为起点落后而遗憾。

## 绝知此事要躬行——陆游《冬夜读书示子聿》

### 冬夜读书示①子聿②

陆游

古人学问无遗力③，少壮工夫老始成。

纸上得来终④觉⑤浅，绝知⑥此事要躬行⑦。

①示：教导，告诫。②子聿（yù）：陆游的小儿子。③无遗力：用出全部力量，没有一点保留。④终：到底，毕竟。⑤觉：感觉。⑥绝知：深入、透彻的理解。⑦躬行：亲自实践。

古人在做学问的时候，一点都不放松，甚至终生为之奋斗。往往是年轻时开始努力学习，到了一定年龄才会取得成功。我们从书本上得来的知识终归是浅显和空泛的，不一定能够理解知识的真谛，要想学到真本事，真正了解书中的深刻道理，必须亲身实践才行。

## 父爱之美

这是诗人陆游写给儿子子聿的一首哲理诗，整首诗只有短短的四句，但读起来朗朗上口，且意境深远，余味无穷。这是一个父亲在冬日寒冷的夜晚，沉醉在书房中，乐此不疲地啃读诗书。窗外，北风呼啸，寒气逼人，诗人却忘记了寒冷，忽然在这个静寂的寒夜里想到可爱的儿子，他抑制不住心头奔腾的情感，挥笔写就了八首名为《冬夜读书示子聿》的诗，这是其中的第三首，表达了父亲对儿子深深的爱，令人感动。

### ◎ 写作指导

陆游的这首诗作因为富含哲理而享誉千古。哲理诗是我国文学宝库中一颗光彩夺目的明珠，备受写作者的青睐。它以质朴的叙述，生动的描写，精彩的议论，鲜明的形象，通过比喻或象征等手法，揭示某种人生感悟、社会哲理，促人联想，启人心扉。好的哲理名句，常常被人们铭记，并直接应用到写作中。

### ◎ 智慧点拨

现实生活中，每个人的心中都有一个美好的梦想，或许你梦想着将来乘坐宇宙飞船遨游太空，或许你梦想着做一名歌唱家，到世界各地巡演……但是我们不能忽略的是，这些绚烂的想法，不能只停留在你的头脑里，就像诗人所说的“绝知此事要躬行”，凡事只有去做、去实践，才能有所收获。它也告诉了我们一个既有书本知识，又有实践经验的人，才是真正有学问的人。

## 柳暗花明又一村——陆游《游山西村》

### 游山西村

陆游

莫笑农家腊酒①浑，丰年留客足鸡豚②。
山重水复疑无路，柳暗花明③又一村。
箫鼓④追随春社⑤近，衣冠简朴古风存。
从今若许闲乘月，拄杖无时夜叩门⑥。

①腊酒：一年腊月酿制的酒。②足鸡豚（tún）：意思是准备了丰盛的菜肴。豚，小猪，诗中代指猪肉。③柳暗花明：绿柳繁茂荫浓，鲜花娇艳明丽。④箫鼓：吹箫打鼓。⑤春社：古代把立春后第五个戊日作为春社日，拜祭社公（土地神），祈求丰收。⑥叩门：敲门。

请不要笑话农家腊月酿制的酒浑浊不清，丰收之年有丰盛的佳肴肉食款待客人。一座座青山重叠，一道道流水环绕，正怀疑会无路可走的时候，忽然看见柳色浓绿、花色明丽中出现了一个美丽的村庄。在这里，你吹着箫，我击着鼓，欢天喜地，春社祭日已经临近，穿着农家布做成的衣衫、戴着最普通的帽子，村民们依然保持着简朴的古风。从今天起，如果可以乘着月光闲游，我这白发老翁一定要拄着拐杖，敲开农家的柴门。

### 农俗之美

此诗生动地描画出一幅色彩明丽的农村风光，对淳朴的农村生活习俗，流溢着喜悦、挚爱的感情。诗人一开始就渲染出丰收之年农村一片宁静、欢悦的气象。腊酒，指上年腊月酿制的米酒。豚，是小猪。足鸡豚，意味着鸡豚丰足。“莫笑农家腊酒浑，丰年留客足鸡豚”是说农家酒味虽薄，待客情意却十分深厚。一个“足”字，表达了农家款客尽其所有的盛情。“莫笑”二字，道出了诗人对农村淳朴民风的赞赏之情。春社、衣冠简朴又让人体味到了另一种和谐。

◎ 写作指导

在陆游这首诗里，我们要讲一下词类活用现象。在古代汉语里，有些词可以按照一定的语言习惯灵活运用，比如甲类词临时具备了乙类词的语法特点，并临时做乙类词用。常见的类型有：名词、形容词活用为动词，名词作状语，动词、形容词活用为名词，动词、形容词、名词的使动用法，形容词、名词的意动用法。比如，这里的“足鸡豚”短语可理解为：备办充足的鸡豚类菜肴。多了解一些字词句常识对我们更好地理解古诗词和学习创作会有很大的帮助。

◎ 智慧点拨

陆游的这首诗之所以备受称赞，也是因为它极具人生哲理，表现了人生变化发展的某种规律性，仔细品来，令人回味无穷。由此，我们也可以看出诗人与众不同的人生态度——顺境未必不好，但逆境中往往蕴含着无限的希望。每个人面前的道路不管多么坎坷难行，只要坚定信念、勇于进取、坚持不懈，人生就能“绝处逢生”，转到一片充满光明与希望的新天地来。

## 只缘身在此山中——苏轼《题西林壁》

### 题[1]西林[2]壁

苏轼

横看[3]成岭侧[4]成峰，远近高低各不同。

不识庐山真面目，只缘[5]身在此山中。

①题：书写。②西林：即庐山西林寺。③横看：从正面看，即从山前、山后看。④侧：从侧面看。⑤缘：因为。

从正面看庐山，是一道道连绵起伏的山岭，从侧面看庐山又是耸立的山峰，从远处、近处、高处、低处看庐山，庐山会呈现各种不同的样子。有时，人之所以认不清庐山本来的面目，只因为自己置身在庐山之中。

## 角度之美

诗人为我们呈现了一个多角度的庐山，诗人非常感慨地说，面对雄伟壮丽的庐山，从正面看庐山，它是一道横长的山岭；从侧面看庐山，它是一座高耸的山峰。你再从不同距离、不同高度去看吧，呈现在你眼前的庐山，都是各种互不相同的形象。每一个角度都呈现一种美，这种美是因为角度在变换，所以景色也在变换，但角度之美却没有发生变化。

### ◎ 写作指导

苏轼的这首《题西林壁》是游观庐山后的总结，诗中的语言浅显易懂，诗的寓意却十分深刻。其实苏轼追求的就是用质朴无华、流利易懂的语言来表现一种清新的、前人未曾道的意境。这也提醒我们在写作过程中，不一定要使用华美、生僻的词语，只要能表达清楚自己的意思，即使用的是质朴的语言，你的作文也能获得老师的赏识。

### ◎ 智慧点拨

在生活中，每件事都是这样，从不同的角度去看，会发现它不同的地方。诗中“不识庐山真面目，只缘身在此山中”二句告诉我们，因为身处庐山之中，视野为庐山的峰峦所限，看到的只是庐山的一峰一岭一丘一壑，只是局部而已，这必然带有片面性。就像我们看待身边的某个人一样，因为没有从各个方面了解对方，有时便会脱口说出别人的好坏，这样很容易犯错误。这首诗启迪我们为人处世、看问题时，要认识事物的真相与全貌，就必须超越狭小的范围，摆脱个人的成见，避免钻牛角尖。

## 悲欢离合总无情——蒋捷《虞美人·听雨》

### 虞美人①·听雨

蒋捷

少年听雨歌楼上，红烛昏罗帐。壮年听雨客舟中，江阔云低断雁②叫西风。

而今听雨僧庐下，鬓已星星③也。悲欢离合总无情，一任阶前点滴到天明。

①虞美人：词牌名。②断雁：失群孤雁。③星星：白发点点如星，形容白发很多。

年少的时候我沉醉在歌楼上，耳边听着淅淅沥沥的小雨，面对着盏盏红烛，昏暗的灯光下罗帐轻盈。中年时，我在异乡的小舟上聆听雨声，曾经的年少轻狂已被雨水冲刷走了，剩下的却是几许茫然。看着眼前宽阔的江面堆满铅灰色的阴云，听一只孤雁在天边哀鸣，一声声啄破了我那原有的稳重。而今，人已暮年，两鬓白发苍苍，独自一人在僧庐下，听细雨点点。回想起人生的悲欢离合，还是让台阶前一滴滴的小雨下到天明吧。

### 听雨之美

四季之中，雨是最常见的，雨是一种自然现象，本身没有特别之处。可是在不同的人眼里却有很大差别。在一个失意人那里，雨可能会平添一段惆怅；在得意人那里，雨或许就别具一番情趣。这些不同都是由人的心情引起的，“以我观物，万物皆着我之色彩”，说的就是这个道理。不同的人看见雨，听着雨声，所思之物亦有所不同。词人蒋捷在听雨中的所思所悟，美丽而忧伤。

◎ 写作指导

蒋捷这首词中的方位名词运用得非常巧妙，是这首词的一大写作特点。“少年听雨歌楼上”，追欢逐乐，无忧无虑，正是作者一生最美好、最快乐的时光，因而用一个“上”字。“壮年听雨客舟中”，这时期的作者，进士及第不久，南宋灭亡，他开始了漂泊生涯。心境愁苦悲凉！因而用一“中”字。“而今听雨僧庐下”，已是白发老者的他，已经尝遍了悲欢离合的滋味，几乎到了麻木的地步，因而他能够听任檐前冷雨一直滴到天明。这时用一个“下”字。上中下三个方位名词，也许并非刻意安排，但作者一生的际遇，确实能从这三个方位名词上看出端倪，不是吗？你还知道有哪些方位名词吗？

◎ 智慧点拨

这首词是蒋捷自己一生的真实写照，词中最大的亮点就是对人生深沉的感悟。词人曾为进士，过了几年官宦生涯。但宋朝很快就灭亡了。此后他的一生都是在颠沛流离中度过的。词中的三个时期，也是三种心境，读来使人凄然。人生是一场雨，下在不同的年龄段，带给此人不同的心境。生命是美好的，人人都应当珍惜，不要等老了的时候悔恨叹息。

## 问渠哪得清如许——朱熹《观书有感》

### 观书有感

朱熹

半亩方塘[①]一鉴[②]开，天光云影共徘徊。

问渠[③]哪得[④]清如许[⑤]？为有源头活水来。

①方塘：又称半亩塘，在福建尤溪城南郑义斋馆舍（后为南溪书院）内。②鉴：铜镜。古人以铜为境，包以镜袱，用时打开。③渠：他，指方塘。④哪得：怎么会。⑤如许：这样。

一块半亩大的方形池塘如同打开的一面镜子，池塘水面上荡漾着天空的光彩和浮云的影子。要问这池塘为何这样清澈？那是因为有活水不断从源头流来。

### 静谧之美

《观书有感》中的半亩方塘在朱熹的笔下，平静得像展开的一面镜子，这样的起笔不但恬静、幽雅，而且给人一种切实的形象，使人仿佛看见了那面镜子，光洁无比。阳光和云彩的影子倒映在水面上，在水中闪耀浮动，让人立即展开了更大的想象。这面“镜子”平静地映照着天上徘徊的云影，可以想见那清澈的水面有多么静谧可爱了。

### ◎ 写作指导

《观书有感》这首诗中，作者不仅写出了池塘的美丽景色，而且还通过看到源源不断的活水流进池塘，池塘中的水才会如此清澈这一现象，联想到“人的心智，也是由不断读书，不断汲取新的知识，才能更加开豁，更加敏锐”这一深刻的道理。这就启示我们在写作中怎样从古诗中挖掘语言因素，如何从语言、形象、情感方面入手，把学到的东西注入我们的写作中，不仅要给读者留下想象空间，更要让他们受益。

### ◎ 智慧点拨

朱熹的这首诗寓意深刻，仔细品读，对我们有很大启发。这首诗以源头活水比喻学习，告诉我们每个人只有不断地吸取新知识，才能有日新月异的进步。朱熹赞美读书有所领悟，心灵才能感知畅快、清澈、活泼。诗人的心灵为何这样澄明呢？因为总有像活水一样的书中新知，在源源不断地给他补充啊！其实，一个人要想获得更大的学问，就得不断地学习，用新知识填充大脑，也就一句话：每个人都应该随时给自己充电。

## 不畏浮云遮望眼——王安石《登飞来峰》

### 登飞来峰①

王安石

飞来山上千寻②塔，闻说鸡鸣见日升。
不畏浮云③遮望眼，只缘身在最高层。

①飞来峰：即浙江绍兴城外的宝林山。唐宋时其上有应天塔，俗称塔山。古代传说此山自琅琊郡东武县（今山东省诸城市）飞来，故名。②千寻：形容塔很高，古代八尺为一寻。③浮云：山间浮动的云雾。

我登上飞来峰上一座极高的宝塔，听说站在塔上凌晨鸡叫时就可以看见旭日东升的壮观景象。我不怕会有浮云遮住远望的双眼，只因为我已经站在最高峰。

### 登高之美

在这首诗里，我们看到诗人站得很高。他面前的山是高耸的，山顶上的塔更是高高耸立的。飞来峰和它上面的宝塔加在一起总共有多高呢？我们不知道。诗人只告诉我们，单是塔身就是八千多尺。可以想见最高层定是很高了。诗人还讲了一个传说：站在宝塔上，鸡鸣五更天就可以看见旭日东升。这些壮观的景象一一呈现在诗人眼前，其实都是登高的缘故。

◎ 写作指导

“不畏浮云遮望眼，只缘身在最高层”，与杜甫的“会当凌绝顶，一览众山小”有异曲同工之妙。这两句名句用议论结合写景的方法，表达作者积极、豪迈的人生态度，显得非常自然。若就情境说，语序应是“因为身在最高层，所以不畏浮云遮目”，但作者却倒过来，先说果，后说因；一因一果的倒置，说明诗眼的转换，也见作者构思的精深。可见，在写作中，打破常规，运用多种写作手法，往往会收到意想不到的效果。

◎ 智慧点拨

王安石《登飞来峰》中“不畏浮云遮望眼，只缘身在最高层”两句因为积极、豪迈的哲思，常常被人当作座右铭来激励自己。在诗中，诗人登上高山之塔，极目远眺，不禁豪情满怀，壮志凌云，似觉天地万物都可尽收眼底。表达了诗人对人生的积极态度：不畏惧眼前的任何困难，对前途始终充满信心。也使我们从中领悟到一条人生哲理：在学习、生活和思想修养等方面，不也是只有站得高的人才能看得更远吗？对诗人，这是雄心勃勃的自勉；对读者，这是引人向上的启示。

## 落红不是无情物——龚自珍《己亥杂诗·其五》

### 己亥杂诗·其五

龚自珍

浩荡①离愁②白日斜，吟鞭③东指即天涯。
落红④不是无情物，化作春泥更护花。

①浩荡：广阔广大，这里形容愁思无穷无尽。②离愁：离别的愁思。③吟鞭：诗人的马鞭。④落红：落花。花朵以红色者为尊贵，因此落花又称为落红。

我带着满怀的离愁别绪，趁着傍晚西下的斜阳，扬鞭催马，远走天涯。那片片飘零的落花绝不是无情之物，当它们化作春泥时，还能再去培育来年更美的花朵。

## 凋零之美

这或许是一个凋零的季节，西风吹拂，万物都失去了鲜亮的颜色，艳丽的花朵在枝头上停留的日子越来越少了，终于有一天，一阵凉风过后，它们旋转着离开枝头，飘零下来。有的借着风力，在空中四处飘荡，有的直接坠落地面，有的被枝干接住，停留在半空，虽然最后它们都将落到地面上，但它们看上去鲜艳极了，像去迎接新生。

### ◎ 写作指导

龚自珍在这首《己亥杂诗》里，把抒情和议论有机地结合起来，将自己的政治抱负和个人志向融为一体，形象地表达了诗人内心复杂的情感。在我们写作时，常常会用到议论和抒情手法。一般来说，议论是记录作者对人或事的态度、看法和意见；抒情则是作者给记叙、议论加上的一重情感色彩。如果在写作中恰当地结合抒情和议论，往往会使文章锦上添花、妙不可言。

### ◎ 智慧点拨

龚自珍诗中的“落红不是无情物，化作春泥更护花”是历来为人们传颂的经典名句，它一方面是诗人的抒怀言志，另一方面也是诗人崇高人格、道德境界的真实写照，形象贴切地展示了作者为国效力的献身精神和鞠躬尽瘁死而后已的决心。诗人告诉我们这样一个道理，“落红”凋零，似乎成了无用之物，但从另一角度看，它能化泥护花，仍有价值和作用。也就是说世上的万事万物都具有两面性，要客观地看待。

# 卷十一

# 豪迈人生

## 长风破浪会有时——李白《行路难》

### 行路难[1]

李白

金樽清酒斗十千，玉盘珍羞[2]直[3]万钱。
停杯投箸不能食，拔剑四顾心茫然。
欲渡黄河冰塞川，将登太行雪满山。
闲来垂钓碧溪上，忽复乘舟梦日边。
行路难！行路难！多歧路，今安在？
长风破浪会有时，直挂云帆济[4]沧海。

①行路难：乐府《杂曲歌辞》篇名，内容多写世路艰难和离别悲伤之意，多以“君不见”开头。②珍羞：珍贵的菜肴。羞，通“馐”，精美的食物。③直：通“值”，价值。④济：渡过。

金杯里装着名贵的酒，玉盘中盛着珍贵的菜肴。面对这些我却吃不下，拔出宝剑向四周望去，内心一片茫然。想过黄河，可是冰层堵塞了它；要登太行山，暴风雪封住了它。或许我能像吕尚那样在碧溪垂钓等待机会，也可以像伊尹那样做梦时从太阳边乘船经过。在人间行路多么艰难啊，多么艰难啊，眼下的歧路这么多，该选哪一条呢？我坚信总有一天，能凭借长风在万里浪中行走；高挂起云帆，勇敢地渡过大海，到达理想的彼岸。

### 坚毅之美

可以说，李白的这首《行路难》是一首不折不扣的励志诗，“停杯投箸不能食，拔剑四顾心茫然”虽然流露出诗人因为没有被皇帝重用，心中无限失落的情绪，真切地表现出诗人愁绪满怀、壮志未酬的形象，但是诗人依然自我鼓励，坚毅地等着机会，他相信总有一天会实现自己的理想，诗人在这个煎熬过程中，体现的正是坚毅之美。

◎ 写作指导

李白的这首《行路难》写得起伏跌宕，扣人心弦，这跟诗中巧用历史故事有关，同时少不了诗人一贯的夸张、比喻的写作手法。诗人在题材、表现手法上虽然受到鲍照《拟行路难》的影响，但是写得却比鲍照的好，和鲍照诗作相比，李白诗的思想境界显得更高。这也提醒我们在遇到旧题材时，要注意突破、创新，写出新意。

◎ 智慧点拨

本诗中的“长风破浪会有时，直挂云帆济沧海”两句得到很多人的喜爱。毫无疑问，用这两句诗来表达人们的理想抱负和实现理想抱负的坚定信念是再合适不过了。因为我们都明白，眼前遇到的困难，虽然会让人愁苦着急，但这些都是暂时的。

## 老骥伏枥，志在千里——曹操《龟虽寿》

### 龟虽寿

曹操

神龟①虽寿，犹有竟时。
腾蛇②乘雾，终为土灰。
老骥③伏枥④，志在千里；
烈士⑤暮年，壮心不已。
盈缩⑥之期，不但在天；
养怡⑦之福，可得永年。
幸甚至哉，歌以咏志。

①神龟：传说中的通灵之龟，能活几千岁。②腾蛇：传说中与龙

同类的神物，能兴云驾雾。③骥（jì）：千里马。④枥（lì）：马槽。⑤烈士：有雄心壮志的人。⑥盈缩：指人的寿命长短。盈，长。缩，短。⑦养怡：保养身心健康。

神龟的寿命虽然十分长久，但也还有生命逝去的那一天；腾蛇虽然能够腾云驾雾，终究也会死亡化为土灰。年老体衰的千里马伏在马棚里，但它仍然具有一日驰骋千里的雄心壮志；一个有远大抱负的人即使到了晚年，奋发的雄心仍不会止息。人的寿命长短，不只是由上天决定的；只要保持身心愉悦，就可以益寿延年。我真是高兴极了，用歌唱来抒发自己的思想感情吧！

## 激昂之美

曹操的这首诗大约作于建安十二年（207），当时曹操刚击败袁绍父子，平定北方乌桓，踌躇满志，乐观自信，充满建功立业的豪情壮志，此时他已经五十三岁了。诗中融哲理思考、慷慨激情和艺术形象于一炉，写得豪气逼人。诗中“老骥伏枥”四句是千古传诵的名句，笔力遒劲，韵律沉雄，内含一股自强不息的豪迈气概，深刻地表达了曹操老当益壮、锐意进取的精神面貌。同时，该诗处处体现着诗人激昂、豪迈的一面，使这位“时露霸气”的盖世英雄的形象跃然纸上。

### ◎ 写作指导

曹操是一个有个性的诗人，他无所顾忌，不遵从前人的诗歌形式，这直接表现在他诗歌中许多“大逆不道”的用典上。曹操的一些诗歌虽用乐府旧题，却不因袭古人诗意，自辟新蹊，不受束缚，却又继承了“感于哀乐，缘事而发”的精神。他的这首《龟虽寿》和一般的抒情诗不同。一般的抒情诗都重在抒发感情，而这首诗却明显地具有哲理内容。正因此，我们在写作尝试中，不要局限在固有的语言模式和套路中，培养创新意识，慢慢培养自己的语言特色，对写作非常有利。

◎ 智慧点拨

曹操在《龟虽寿》中，表达了自己不信天命、重视奋斗的必胜信心，表现出诗人老当益壮、自强不息的进取精神，热爱生活的乐观精神，处处闪耀哲理的智慧之光，强烈地震撼着我们的内心。在我们的生活中也是一样，一个有志于干一番事业的人，就不应该惧怕眼前困难的阻挠，要想方设法克服困难，一步步接近心中的目标，不达目的誓不罢休。

## 欲将心事付瑶琴——岳飞《小重山·昨夜寒蛩不住鸣》

### 小重山·昨夜寒蛩不住鸣

岳飞

昨夜寒蛩[①]不住鸣，惊回千里梦，已三更。起来独自绕阶行，人悄悄，帘外月胧明。

白首为功名，旧山[②]松竹老，阻归程。欲将心事付瑶琴，知音少，弦断有谁听？

①寒蛩（qióng）：秋天的蟋蟀。②旧山：故乡的山。

昨晚上，窗外的蟋蟀一直叫个不停，我从抗击金兵、浴血奋杀的梦中突然惊醒，这时候已是深夜三更天了。披衣起床，独自绕着门前的台阶散步，四下一片寂静，抬头只能看到明月撒下淡淡的光辉。

为了驱逐金人，我愁白了头，也许故乡的松竹也已经变老，家乡却陷落在敌人手中，家是回不去了。我多想用琴弦化解心事啊，可是没有知音，即便我把琴弦弹断又有谁能听懂呢？

## 忧国之美

岳飞作为一代抗金名将，心中涌满爱国之情。在一个深秋的夜晚，岳飞无法安睡，想到还被金人占领的半壁江山，想到自己有心报国却壮志难酬，不禁忧愁愤懑，万般思绪在心中纠结，矛盾中，他写下了这首《小重山》。虽然他没能完成抗金大业，但他忧国爱民的思想，被历代英雄儿女诠释、弘扬。

### ◎ 写作指导

《小重山》一词，作者用含蓄的手法和低沉的格调，表达了壮志难酬的孤愤，也表明了自己坚定不移的报国之心，使整体形成沉郁、含蓄的风格。含蓄是中国历代文化的特点，广泛应用于诗词等篇幅比较精短的文体中。有时，在我们的应用作文中，不必把你要表达的意思一下子说透，说到七八分也就好了，这样就是一种“含蓄之美”。

### ◎ 智慧点拨

岳飞在《小重山》一词里表达的是抗金护国的雄心壮志和不能如愿的满怀愁绪。岳飞的一生淡泊名利，刻苦励志，把个人利益置之度外，就连对自己的子女也是管教甚严，他要求他们每天完成学习内容后，必须下地劳作。岳飞对自己的父母也是非常孝顺，他告诉我们，一个人如果连自己的父母都不孝顺，以后能做成什么事呢？一个人不仅要有远大的志向，更要有从身边小事做起的行动，先做人，才能做好事。

# 八千里路云和月——岳飞《满江红·写怀》

## 满江红·写怀

岳飞

怒发冲冠，凭栏处，潇潇[1]雨歇[2]。抬望眼，仰天长啸[3]，壮怀激烈。

三十功名尘与土，八千里路云和月。莫等闲，白了少年头，空悲切！

靖康耻，犹未雪。臣子恨，何时灭？驾长车④，踏破贺兰山⑤缺。壮志饥餐胡虏肉，笑谈渴饮匈奴血。待从头，收拾旧山河，朝天阙⑥！

①潇潇：形容雨势急骤。②歇：停止。③啸（xiào）：感情激发时发出的声音。④长车：兵车，战车。⑤贺兰山：山名，在今宁夏回族自治区西北部。⑥朝天阙：朝见皇帝。天阙，指皇帝的宫殿。

一场暴雨刚刚停止，我登高凭栏远望，心中愤怒异常。远处的天空浩瀚辽阔，让人禁不住仰天长啸，报国的热血充满心头。三十多年来，我建立的功业像尘土一样微小，八千里的征程披星戴月。风华正茂的年纪要抓紧为国立功业，不要白白地浪费青春，等到年老的时候后悔也来不及了。

靖康之变的耻辱，到今天还没有被雪洗。我心中的愤恨，何时才能泯灭呢？我要驾着战车，把贺兰山踏为平地。胸怀壮志，用敌人的肉来充饥，用敌人的鲜血来解渴。等着我重新收复旧日大好河山，凯旋时向君王献功报捷。

### 壮志之美

岳飞一生精忠报国，天日昭昭。这首《满江红》不仅是作者精忠报国的写照，而且更是中华民族千百年来流行甚多的一首励志歌，为人们所敬仰，词中的精忠报国精神激励着一代又一代的中华儿女。岳飞淡看功名，视敌如仇，精忠不移，那句“文官不爱钱，武官不惜死，不患天下不太平”就是岳飞一生真实的写照。

## ◎ 写作指导

岳飞的这首《满江红》抒写胸中的豪情壮志，是脍炙人口的爱国佳作。与他的《小重山》一词都表达了一心抗金、收复中原的雄心，只是两首词的时间与心境不同。试着分析比较两首词的写作方式和情感表达有什么异同？对你的作文有什么启发？

◎ 智慧点拨

作为中华民族备受敬仰的英雄，岳飞在这首词里表达了自己全部的人生理想，那就是献身国家，抗击金人，万死不辞。他全身心地投入抗敌卫国的战斗中，对国家、对人民忠心耿耿，对外敌恨之入骨，正因为岳飞对具有国家高度的责任感，所以经他一手训练的“岳家军”在抗金中屡立奇功，威名大振。任何人都需要一个目标去奋斗，而且当你有了目标的时候，就不会再感到孤独和迷惑了。

## 赢得生前身后名——辛弃疾《破阵子·为陈同甫赋壮词以寄之》

### 破阵子·为陈同甫赋壮词以寄之

辛弃疾

醉里挑灯看剑，梦回吹角连营。八百里[①]分麾下[②]炙[③]，五十弦翻塞外声。沙场秋点兵。

马作的卢[④]飞快，弓如霹雳弦惊。了却君王天下事[⑤]，赢得生前身后名。可怜白发生。

①八百里：指牛。古代有一头骏牛，名叫“八百里驳（bò）”。②麾（huī）下：指部下将士。③炙（zhì）：烤熟的肉。④的（dí）卢：一种烈性快马。⑤天下事：指收复中原。

喝醉了酒，我一次次挑亮油灯查看宝剑，梦里似乎又回到了号角漫天的军营。把烤熟的牛肉分给将士们享用，用各种乐器奏起雄壮的乐声来鼓舞士气。那是秋天在战场上检阅部队。

我们的战马驰骋着，像的卢一样飞快，射箭的弓弦像惊雷一样响亮。我想为君王实现收复河山的统一大业，也为个人赢得永垂史册的美名。可惜壮志未酬，人已经变成了白发老头！

## 悲愤之美

这首《破阵子》是南宋爱国词人辛弃疾的名作之一，主要是抒发词人的抗金壮志。在家乡，辛弃疾年仅二十一岁就参加了抗金起义，起义失败归南宋，他先后担任了一些地方官职。作者一腔忠愤，但一直没有得到重用，屡遭排斥打击。这首词就是作者闲居在家时所作，无法杀敌报国，只有在做梦的时候才能抒发杀敌报国、建立功名的壮怀。醒来后，空空如梦，令人喟叹，壮志难酬的悲愤心情跃然纸上。

### ◎ 写作指导

辛弃疾的《破阵子》一词，采用的是将想象与现实结合的方法，书写了词人的报国之心。结构上构思奇妙，这首词打破了一般填词上片写景、下片抒情的传统写法，给人耳目一新的感觉，词人的这种大胆创新，令人佩服。其实，不管是古人写词，还是我们目前写应用作文，在材料、立意、话题提示等方面都可以打破它们固有的模式，还作文一片明亮的天空。

### ◎ 智慧点拨

辛弃疾的这首词，表达了自己力图恢复国家统一的爱国热情，倾诉了壮志难酬的悲愤之情。辛弃疾的一生非常曲折、悲壮，词人立志救国，却屡遭坎坷，但词人并没有放弃对理想的追求。这也让我们明白一个人生道理，那就是一个人生活在这个世界上不能只为自己而活，还应该为国家、社会奉献自己的聪明才智，实现自己的人生价值，这样的人生才是值得追求的人生。

## 大江东去，浪淘尽——苏轼《念奴娇·赤壁怀古》

### 念奴娇·赤壁怀古

苏轼

大江东去，浪淘尽，千古风流人物。故垒西边，人道是，三国周郎①赤壁。乱石穿空，惊涛拍岸，卷起千堆雪。江山如画，一时多少豪杰！

遥想公瑾当年，小乔初嫁了②，雄姿英发，羽扇纶巾③，谈笑间，樯橹④灰飞烟灭。故国神游，多情应笑我，早生华发⑤。人生如梦，一樽还酹⑥江月。

①周郎：周瑜，字公瑾，为吴建威中郎将，时年二十四岁，吴中皆呼为“周郎”。②小乔：桥公的小女儿，周瑜之妻。了，读 liǎo。③纶巾（guān）：古代用青丝带制成的头巾。羽扇纶巾，就是指手摇羽扇，头戴纶巾，形容周瑜态度从容。④樯橹：船上的桅杆和橹。这里代指曹操的水军战船。强大的敌人，又写作“强虏”“狂虏”。⑤华（huā）发：花白的头发。⑥酹（lèi）：将酒浇在地上，表示祭奠。这里指洒酒酬月，寄托自己的感情。

滚滚长江东逝水，千百年来，那些曾经才华横溢的英雄豪杰，都被历史的波浪冲洗湮没。旧营垒的西边，人们说那是三国时的大将周瑜大破曹操大军的赤壁。石壁如利剑直插天空，巨浪拍打着江岸，层层浪花如同千万堆白雪。如画一样的江山啊，那时该有多少英雄豪杰！

想当年，周瑜刚刚娶了美人小乔，他手里拿着鹤羽的扇子，头上戴着青丝帛的头巾，谈笑之间，曹操的战船已经在浓烟烈火中化为灰烬了，那是何等的潇洒！神游于三国的战场，苏轼自嘲多愁善感了，以致白发早生。人生就像一场梦，还是拿一杯清酒，献给江上的明月，与我共赏这历史吧！

## 豁达之美

苏轼写这首词的时候，因“乌台诗案”被贬黄州已经两年多了。坎坷起伏的经历和当地的赤壁古迹，勾起了苏轼对历史和人生的感叹。“大江东去，浪淘尽”，短短数字，浩荡江流与千古人事都已收纳苏轼笔下。“乱石穿空，惊涛拍岸，卷起千堆雪。江山如画，一时多少豪杰！”惊涛，像是他创作时的背景音乐，在营造着磅礴深沉的气氛。外在景色的大气，与内在情感的豁达，将豪迈的人生格调推向了顶峰。

### ◎ 写作指导

苏东坡凭吊的赤壁到底是不是古战场赤壁，至今没有定论。“赤壁”这两个字位于赤壁矶头临江的悬岩上，据说是周瑜所书。试比较苏东坡的《念奴娇》与杜牧的《赤壁》的侧重点有什么不同，说说你更喜欢哪一首。

### ◎ 智慧点拨

四十七岁的苏轼仿佛看见三十四岁的周瑜，在儒雅淡定中大败曹军。一个坎坷不遇，一个年轻有为，这不怪苏轼“多情”，谁不会在对比之中感到失落呢？但是苏轼并不沉溺于苦海，而是把周瑜和自己都放在历史之中，从一个更长远的角度来看人生。当年声名盖世的周瑜又如何？不也被大浪淘尽，谁不是这样度过一生的？这样一想，苏轼便超脱了。

的确，每一个人的机遇和处境都会有差异，所以不能从结果上简单去对比。生命就是一个感受喜怒哀乐、寻找人生价值的过程，人人都是如此。在《西江月》词中，苏轼也说：“世事一场大梦，人生几度秋凉。”既然人事恍如一梦，又何必在比较之中悲悲戚戚，耽误有限的人生，不如“举杯邀明月”，超脱个人的痛苦。

## 老夫聊发少年狂——苏轼《江城子·密州出猎》

### 江城子·密州出猎

苏轼

老夫聊发少年狂，左牵黄，右擎苍，锦帽貂裘，千骑卷平冈。为报倾城①随太守，亲射虎，看孙郎②。

酒酣胸胆尚开张，鬓微霜，又何妨，持节云中，何日遣冯唐？会挽雕弓如满月③，西北望，射天狼④。

①倾城：倾动一城之意，整个城里的人，写“随太守”的观众之多。②看孙郎：效仿孙权，亲自射虎。这里苏轼是以孙权自比。③“会挽”句：要把弓拉足，像满月一样圆。会，将要。挽，拉开。④天狼：星名，又称犬星，主侵略。这里隐指西夏。

老夫我也暂且抒发一回少年轻狂的情怀，左手牵着黄犬，右臂托着苍鹰，头上戴着锦缎帽，身上穿着貂皮衣，带领千余骑兵席卷平坦的山冈。为了报答全城人跟随我的这份盛情，我要亲自搭弓射虎，英姿勃发如当年的孙权。

酒意正浓时，更显胸怀开阔、胆气豪壮。两鬓已生出些许白发，但这又算得了什么！遥想当年冯唐手持汉文帝的符节去解救战将魏尚，使其免罪复职，什么时候我能遇见冯唐这样的人呢？我也能把雕弓拉得圆如满月，随时注视着西北，将利箭射向敌人。

### 轩昂之美

很多人将此词列为苏轼豪放词中最早的一首，这首词体现了中年的苏太守气宇轩昂、笑傲人生的美态。当年他出行打猎，有千余骑士追随，可见苏东坡的魅力之大。而苏东坡也当仁不让，“为报倾城随太守，亲射虎，看孙郎”，可以想见他是何等勇武，让人倾倒。下阕中说，如果他也遇到像冯唐这样善于举荐的人，也能建立下伟大的功业：“会挽雕弓如满月，西北望，射天狼。”

## ◎ 写作指导

苏轼想说自己有才华没能施展，但是不方便说穿，于是以当年的冯唐为喻，这说明他希望得到别人的推荐。而且，还让举荐自己成为一件美事，一旦有人愿意推荐他，不就成了冯唐了吗？我们用典故的时候，既要想到是否符合自己的身份，也要想到是否符合自己的处境，是否会让文章流畅、统一。

## ◎ 智慧点拨

苏东坡羡慕孙权的意气风发、壮志豪情，其实每一个人都有这样一段建功立业的情怀，每个人都希望能够最大限度地发挥自己的能力。但是很多人都没有遇到合适的机会，机遇对于人来说实在太重要了，很多人非常努力，所缺的唯有机遇而已。所以当我们遇到展示自己的机会时，不要犹豫不决，错失良机。

# 卷十二

# 点滴愁绪

## 此情可待成追忆——李商隐《锦瑟》

### 锦瑟

李商隐

锦瑟无端①五十弦②，一弦一柱思华年。
庄生晓梦迷蝴蝶，望帝③春心④托杜鹃。
沧海月明珠有泪，蓝田日暖玉生烟。
此情可待成追忆，只是当时已惘然。

①无端：没有来由，无缘无故地。②五十弦：传说古瑟有五十根弦，后来古瑟多为二十五根弦。③望帝：传说中周朝末年蜀国君主的称号，传说他死后，魂魄化为鸟，名杜鹃，暮春而鸣。④春心：伤春之心，比喻对美好事物失去的怀念。

美丽的锦瑟啊，你为何无缘无故地拥有五十根弦呢？那一弦一柱引我思念起美好的青春年华。此刻的我，就像庄子一样梦见自己化身为一只蝴蝶，像望帝一样把自己的美好愿望托付给杜鹃。浩瀚的大海上空明月高照，鲛人哭泣的泪水成了珍珠。蓝田盛产的美玉在暖日的照耀下仿佛生出朦胧的烟。这些美好的感情啊，今天还没有忘记，而在当时只以为是平常罢了。

### 辞藻之美

通读李商隐的这首诗，给人的第一感觉就是字字珠玑，句句舒心，美不胜收。这也许是因为他语言绮丽不俗，比如诗中，华美的“锦瑟”，纯真的“华年”，迷幻的“晓梦蝴蝶”与“春心杜鹃”，烟雾的“蓝田玉暖”与浩渺的“沧海月明”，就连“此情”之美，也只待“追忆”了，却又勾起心中一片“惘然”。

◎ 写作指导

李商隐诗歌的最大特色是风格独特鲜明，这是有别于其他诗人的重要标志。这首《锦瑟》便是代表。此诗文辞清丽、意韵深微，而且多处使用典故，用典上还有所独创，喜用象征、比兴等各种手法，从而形成了诗人独特的风格。虽然提倡在写作上最好能形成自己的风格，但我们必须明白写作风格是在广泛阅读、不断思考的基础上慢慢形成的。

◎ 智慧点拨

李商隐自幼生活在一个贫寒的环境里，生活艰难。但就是这样的生活铸造了诗人一颗坚强、上进的心，他胸怀理想、抱负，渴望出人头地。很小的时候就懂得承担家庭的责任，为了减少家人生活压力，他给别人打工抄书，补贴家用。可见，李商隐从小就是一个具有责任感的孩子，他成年后，对母亲更是百般孝顺，心中充满了感恩意识。也正因此，他才能写出那么多至情至性、感人肺腑的诗文出来。

## 别是一番滋味在心头——李煜《相见欢·无言独上西楼》

### 相见欢·无言独上西楼

李煜

无言独上西楼，月如钩，寂寞梧桐深院锁清秋①。

剪不断，理还乱，是离愁②。别是一番③滋味在心头。

①锁清秋：深深被秋色所笼罩。②离愁：指去国之愁。③别是一番：另有一种。

我一个人默默地登上西边的高楼，天空有一弯残月像钓钩一样，深深的庭院里，寂寞无声的梧桐树被这凄清的秋色深锁。

这心头纷纷扰扰的离愁啊，怎么剪也剪不断，怎么理它还是乱。此时此刻的心头，涌上来另一番滋味，久久无法释去。

## 愁苦之美

深秋是凄美的，在诗人这里，“独上西楼”更笼罩着一层失意的颜色。深夜，在一个寂静无声的庭院里，残月冷照，风吹梧桐，秋色凝重。诗人还没有睡去，默默地登上了西边的高楼，看着眼前一景一物，眉头又紧皱了几分，诗人心里的愁苦无处诉说，更无法诉说，这种凄苦的愁滋味似乎比别人更多了一种味道，让人不知如何是好。

### ◎ 写作指导

积累同一类写作素材，从中品味其艺术特色，也是提高作文水平的一个途径。在历代诗词中表现离愁的诗句不胜枚举，作者常常借助鲜明生动的艺术形象来表现它们。比如，写愁之深的有李白《远别离》之中的“海水直下万里深，谁人不言此离苦”；写愁之长的有李白《秋浦歌》之中的“白发三千丈，缘愁似个长”；写愁之重的有李清照《武陵春》之中的“只恐双溪舴艋舟，载不动许多愁”；写愁之多的有秦观《千秋岁》之中的“春去也，飞红万点愁如海”，等等，加强同类题材诗词的收集、整理和品读，对写作来说，本身就很有趣。

### ◎ 智慧点拨

李煜为南唐最后一位皇帝，他在诗词造诣上自成一家，成绩斐然。这首词写的是亡国以后受人拘囚的生活状态，内心失落，愁苦百结。可以说，南唐亡国与李煜有很大关系，因为他治国无心，不务“治国正业”，从而导致国破人亡。给我们的启示是，不论做什么事情，切忌三心二意。大到治国，小到做人做事，都应该兢兢业业，有始有终。

## 问君能有几多愁——李煜《虞美人》

### 李煜·春花秋月何时了

春花秋月何时了[①]？往事知多少！小楼昨夜又东风，故国不堪回首月明中。

雕栏玉砌[2]应犹[3]在，只是朱颜改[4]。问君[5]能有几多愁？恰似一江春水向东流。

①了：了结，完结。②砌：台阶。③应犹：一作“依然”。④朱颜改：指所怀念的人已衰老。⑤君：作者自称。

春天绚烂的花朵开了又落，秋天的明月圆了又缺，如此反复，何时是个尽头？回首昨日，有多少悠悠往事！昨夜一场春风又吹到了小楼，眼看着春天来临了，一轮明月照耀下的故国山河，让我不忍回首。

宫殿里那些精雕细刻的栏杆、玉石砌成的台阶应该还在吧，只是怀念的人已衰老。问您心中到底有多少愁绪？它就像一江汹涌的春水向东不尽地流去。

## 怅恨之美

《虞美人》是李煜最有名的词作，也是最为人熟知的一篇。此时，词人的生活到了一个最黑暗的时期，亡国以后的李煜过着囚徒般的生活，心中满是煎熬。春花秋月无休无尽，故国破碎不堪，难以回首。面对这样的现实，他感叹岁月弄人，无力回天，表现出了一个亡国之君的无穷哀怨和无限怅恨之感。

### ◎ 写作指导

李煜这首《虞美人》，通篇采用问答的形式，新颖独特。词句中以问设问，以回答结束，高亢明快，扣人心扉。词句语言清新、优美，并辅以比喻、象征、对比等多种修辞手法，一字一珠。在这里，我们可以借鉴词中的设问手法，比如“问君能有几多愁？恰似一江春水向东流”采用的就是自问自答的形式，设问手法很容易应用到我们的写作中，你不妨一试。

### ◎ 智慧点拨

曾有后人这样评说李煜：“作个才人真绝代，可怜薄命作君王。”意思是说，作为一代词人，他给后人留下许多惊天地泣鬼神的血泪文字，但他也是个君王。所以这两种身份重叠的时候，李煜的人生发生了倾斜。从这，我们不难明白一句话，那就是“鱼和熊掌不可兼得”。因为每个人能力和精力有限，而且特长有优劣之分。所以，做事切忌贪多，每次只定一个目标，一次只做一件事，这样往往更能取得好的效果。

## 流水落花春去也——李煜《浪淘沙·帘外雨潺潺》

### 浪淘沙·帘外雨潺潺

李煜

帘外雨潺潺①，春意阑珊②。罗衾③不耐④五更寒。梦里不知身是客⑤，一晌⑥贪欢。

独自莫凭栏，无限江山，别时容易见时难。流水落花春去也，天上人间。

①潺潺：形容雨声。②阑珊：衰残。③罗衾：罗锦织成的被子。④不耐：受不了。⑤身是客：指被拘汴京，形同囚徒。⑥一晌：一会儿，片刻。

隔着门帘，外面传来阵阵淅淅沥沥的雨声，生机勃勃的春天渐渐衰残。夜里，用罗锦织成的棉被依然抵抗不了五更时的寒冷。我只有在迷梦中才能忘掉自己是个羁旅之客，享受片刻的欢乐。

不要独自一人凭靠在画栏上，深情遥望故国无限辽阔的山河，与它告别是那么容易，可是想要再见到它就很难了。就像春天结束了，那些凋零的花朵也随着江水一起流落远方。今昔对比，就像一个天上一个人间。

### 惆怅之美

作者的这首词写的是自己亡国羁客的身份。词人用伤感的口吻道出了内心的惆怅与失落。在一个暮春的雨天，词人愁绪很浓，夜晚也禁不住春天的寒冷，“梦里不知身是客”写出了词人心中的愁苦只有借助于梦境才能得以消除，但梦又是那么短暂。其实，词人最大的惆怅是因为对故国的思念，凭栏远眺，往事不再，更添心中惆怅，词人只得用“天上人间”来形容这惆怅之大之深。

### ◎ 写作指导

李煜的这首《浪淘沙》同样采用了倒叙的写作手法，比如“帘外雨潺潺，春意阑珊。罗衾不耐五更寒”句中的“帘外雨”“五更寒”，应该是梦后的事，而忘却身份，“一晌贪欢”应该是梦中的事，但词人却把它们颠倒了顺序，处理得没有任何痕迹，并且顺畅、自然。在写作中，如果你想突出某个表达对象，同样不必考虑事物的固有顺序。同时，要注意写作中的一些细节处理，避免出错。

### ◎ 智慧点拨

李煜一句“别时容易见时难”，不仅成就了自己的词名，更是深深打动了许多人的心。虽然词人写的是亡国之情，但对于我们每一个人来说，或早或晚都会经历这种人生体验。也许今天你还和家人幸福地生活在一起，但等你升学或者工作的时候，就会离开亲人、朋友，见面的机会也会越来越少。我们现在能做的就是珍惜与家人、朋友、同学相聚的时光，体会这份情感的美好，不为以后留下太多遗憾。

## 一怀愁绪，几年离索——陆游《钗头凤·红酥手》

### 钗头凤·红酥手

陆游

红酥手①，黄縢酒。满城春色宫墙柳。东风恶，欢情薄。一怀愁绪，几年离索[2]。错，错，错。

春如旧，人空瘦。泪痕红浥[3]鲛绡[4]透。桃花落，闲池阁。山盟虽在，锦书难托。莫，莫，莫。

①红酥手：一种类似面果子一样的下酒菜。②离索：离群索居，分离。③浥：沾湿。④鲛绡（jiāo xiāo）：传说鲛人织的绡，极薄，后泛指薄纱。

桌面上摆好了红酥手，存封的黄縢酒也已经打开。城内城外满是春天的美景，摇曳多姿的绿柳在宫墙内荡漾。春风真是可恶啊，它把我满心的欢喜吹得如此稀薄。我的心里装满了忧愁，自从离别以来，这几年的生活过得十分萧索。回想起来感觉都是错！

春天美景依旧，只是人因为思念而变得更加消瘦。无尽的泪水每天沾湿脸上的胭红，连薄绸的手帕都湿透了。满园的桃花凋落了，池塘楼阁也显得安静多了。那些永远相爱的誓言依旧写在锦书上，可是这些书信能托付给谁呢。犹豫了一下，还是算了吧。

## 凄楚之美

一般情况下，一个人面对春天的美酒佳肴、杨柳春风，本该快乐无比，但作者却说“东风恶，欢情薄”，他厌恶春风，怨叹自己没有欢乐，这是多么无奈的事情啊。“一怀愁绪，几年离索”更道出了作者愁绪的多和长，几年来少有笑容，日子过得凄凄楚楚。“春如旧，人空瘦”原来作者是在思念一个人，年年不能释怀，所以凄楚就在所难免了。

### ◎ 写作指导

大词人陆游因为独游沈园，碰巧遇见了自己的前妻唐琬，不由得感慨万分，于是写下了这首著名的《钗头凤》。据说，唐琬看到后，痛不欲生，回家后也写了一首《钗头凤》，因为伤心过度不久就去世了。现在，请你设法找出唐琬的《钗头凤》，相互对照，体会两人的感情，并写一篇读后感。

◎ 智慧点拨

这是一首凄美的爱情之歌，其中隐藏着一个凄美的爱情故事。这首词是词人陆游怀念前妻唐琬而作。唐琬原是陆游的妻子，两人婚后十分相爱，生活幸福。可是陆游的母亲却不喜欢这个儿媳妇。在封建社会旧礼教的压迫下，两人被陆游的母亲拆开了，但是陆游一直思念着自己曾经的妻子。这出悲剧一方面说明陆游对母亲孝顺，另一方面也说明爱情是世间最神圣的东西之一。

## 无可奈何花落去——晏殊《浣溪沙·一曲新词酒一杯》

### 浣溪沙·一曲新词酒一杯①

晏殊

一曲新词酒一杯，去年天气旧亭台，夕阳西下几时回？

无可奈何花落去，似曾相识燕归来，小园香径②独徘徊。

①浣溪沙：本唐代教坊曲名，因西施浣纱于若耶溪，故又名《浣溪沙》或《浣沙溪》。②香径：落满花朵的小路。

一边饮酒，一边聆听一曲新词谱成的歌曲，面对着旧亭台，回想去年这个时候的节气。眼看夕阳就要落山，不知它什么时间再回来？

鲜花凋零了，这是多么无可奈何的事情啊。天气转暖，一只小燕子从南方飞了回来，去年好像见过它。我一个人无比惆怅地徘徊在落满花朵的小径上。

### 惋惜之美

晏殊《浣溪沙》中，传诵颇广的为“无可奈何花落去，似曾相识燕归来”二句。这两句词巧妙、自然、含蓄、流利。有歌唱、有感慨、有惋惜。花儿虽美，却只是一季，一到暮春它便会凋零、陨落，不能久留，而时光也跟着流逝了，让人眼睁睁地看着惋惜，所以说“无可奈何”，但一只归来的燕子，又让人减少了几分怅然，似乎降低了惋惜的分量，使这种惋惜又平添了几分美好。

◎ 写作指导

《浣溪沙》一词，作者从自然景物、人间世事的变化、流逝、轮回中发现了其中蕴藏的人生哲理，表达了对美好年华的留恋与热爱。词中自始至终饱含着作者对自然万象、宇宙人生的深思，给人以哲理性的启迪和美的艺术享受。作文写作贵在思考，想得奇、想得妙，又富有哲理，正是一篇优秀作文的表现。

◎ 智慧点拨

晏殊的这首词始终弥漫着一种伤春惜时的笔调。词人所描写的时令变化、花儿凋落、春光消逝、燕子往返，这些都是自然界不可抗拒的规律，虽然万分留恋却无济于事。这首词在惋惜与欣慰的交织中，也蕴含一个哲理：生活中一些必然要消逝的美好事物，无论怎么阻止都将消逝。我们唯一能做的是学会珍惜，让消逝的事物在消逝之前更有意义。

## 怎一个愁字了得——李清照《声声慢·寻寻觅觅》

### 声声慢·寻寻觅觅

李清照

寻寻觅觅，冷冷清清，凄凄惨惨戚戚。乍暖还寒时候，最难将息[①]。三杯两盏淡酒，怎敌他，晚来风急。雁过也，正伤心，却是旧时相识。

满地黄花堆积，憔悴损[②]，如今有谁堪摘？守着窗儿，独自怎生得黑？梧桐更兼细雨，到黄昏，点点滴滴。这次第[③]，怎一个愁字了得？

①将息：休养，调理。②损：极，表示程度极高。③次第：情形，光景。

周围一片冷清，我一个人若有所失，东寻西觅，眼见万木萧条，心里不禁涌起一股凄凉，让人痛彻心扉。忽热忽冷的时节，最难让人保养身体。饮上三两杯薄酒，也无法抵御晚上极度的寒冷。正在伤心时，忽然看见天空中掠过一行行秋雁，仔细一看，这些大雁不正是自己以前多次看到过的大雁吗？如今大雁依旧，人已非，再也没有什么书信捎来了，这更使我感到伤心。

秋风中凋落的黄花堆了一地，满目凄凉，这些花憔悴得不忍观看，现在又有谁可以摘花送给自己呢？一个人孤零零地守在窗边，怎么才能挨到天黑啊！忧苦之时，偏偏又下起了绵绵细雨，雨水滴落在梧桐的叶片上，发出令人心碎的声音，直至黄昏，还在点点滴滴地下着。这情形靠一个“愁”字怎么能说得尽呢？

## 悲戚之美

这首词，是词人在一个凄清秋天的所思所想。“寻寻觅觅，冷冷清清”，说明作者心里从一开始就浸透着失落与凄凉。“寻寻觅觅”是作者的动作行为，因为当时作者刚刚经历了国破、家亡、夫丧等接连打击，内心孤苦郁闷，愁苦万分，但又没有地方排解忧愁，所以只得“寻寻觅觅”，结果还是一片茫然，周围仍是“冷冷清清”。于是作者产生了更加悲戚的感叹，使整首词都笼罩在一种凄惨愁苦的氛围中。

### ◎ 写作指导

李清照的这首词巧妙地使用了叠字，比如开头的“寻寻觅觅，冷冷清清，凄凄惨惨戚戚”十四个字，这七组十四个叠字非常形象、委婉细致地表达了作者当时的愁苦之情。这十四个叠字看起来平平淡淡，像是信手拈来，其实背后显示了作者高超的文字功底，正所谓“工夫在诗外”，说得就是要想使自己的写作达到一个理想水平，必须注重平时的积累。

◎ 智慧点拨

李清照这首《声声慢》，是作者南渡不久后的真实写照。国破家亡给了李清照巨大的打击，使她长期颠沛流离、痛苦不堪。李清照却依靠自己的努力，突破了社会的束缚，写了大量忧国忧民的词篇，表达了一个女性强烈的爱国情怀，令后人仰慕。

## 此情无计可消除——李清照《一剪梅·红藕香残玉簟秋》

### 一剪梅·红藕香残玉簟秋

李清照

红藕香残玉簟[1]秋。轻解罗裳，独上兰舟。云中谁寄锦书来？雁字[2]回时，月满西楼。

花自飘零水自流。一种相思，两处闲愁。此情无计可消除，才下眉头，却上心头。

①玉簟（diàn）：光华如玉的竹席。②雁字：指雁群飞时排成“一”字或“人”字。相传雁能传书。

池塘里红色的荷花凋谢了，只残留一缕芳香，精美的竹席上也渐渐有了凉意。轻轻提起薄纱的罗裙，我独自一人登上精美的木舟。那天空中的雁群排着队形飞回来了，有没有捎回谁的家书？夜晚来临，如水的月光倾泻在西楼之上。

鲜花自顾自地飘零在水面上，一种离别的相思，分别牵起你我两处的闲愁。唉，还是无法排除这相思离愁，这不，刚刚从紧锁的眉间消失，又纠缠着布满了心头。

### 闲愁之美

李清照这首词，是表达对丈夫的思念之情。词人却说是“一种相思，两处闲愁”。那么，什么是李清照的“闲愁”呢？词人自己做了回答：“此情无计可消除，才下眉头，却上心头。”她的意思是说，心头的相思之情无法排除，皱眉刚展开，愁绪又上了心头。经作者这么一写，让“闲愁”变得非常形象，从而让人领会到她内心绵绵不尽的痛苦。

◎ 写作指导

李清照这首词语言浅俗、清新，明白如话、形象生动。相比其他诗词，又有自己的特点，那就是在通俗中多用偶句，如“轻解罗裳，独上兰舟”“一种相思，两处闲愁”“才下眉头，却上心头”等，妙不可言。在这里，请你把作者的“此情无计可消除，才下眉头，却上心头”与李煜《相见欢》中的“剪不断，理还乱，是离愁，别是一番滋味在心头”，做个比较，看看它们有什么异同？

◎ 智慧点拨

这首《一剪梅》，是李清照在丈夫赵明诚离家在外时所作。自从李清照和赵明诚结婚后，两个人的感情非常好，他们的家庭生活时刻充满了学问和艺术的氛围，相当美满。当赵明诚离家后，李清照对丈夫的思念和挂牵变得更加浓烈，这首词处处表达出词人对美好幸福生活的珍惜和渴望，希望与丈夫时刻相守在一起。这本身就体现了人世间的一种常情：悲欢离合。每个人或早或晚都会经历这种体验，在经历这些情感的同时，人生也就变得完整了。

## 红衣脱尽芳心苦——贺铸《踏莎行·杨柳回塘》

### 踏莎行·杨柳回塘

贺铸

杨柳回塘[①]，鸳鸯别浦[②]，绿萍涨断莲舟路。断无蜂蝶慕幽香，红衣脱尽芳心苦。

返照③迎潮，行云带雨，依依似与骚人④语。当年不肯嫁春风，无端却被秋风误。

①回塘：环曲的水塘。②别浦：水边或河流入海的地方。③返照：夕阳的回光。④骚人：诗人。

曲折回旋的池塘边，杨柳环绕，两只鸳鸯在水中嬉戏，绿色的浮萍涨满了池塘，就连那采莲的小船也无法进来。池塘中因为没有供人采摘的水路，甚至连美丽的蜂蝶也很少光临，艳丽的荷花只能在寂寞中渐渐褪尽红色的花瓣，剩下孤苦的莲心。

傍晚时分，夕阳的回光照映在浦口的水波上，波光粼粼，迎接晚潮，那些飘荡的云朵，带来了凄冷的秋雨。晚风中摇曳的荷花好像满含深情地向文人雅士诉说自己的遭遇：回想当年我不愿在春花绚烂的时节与百花争奇斗艳，想不到如今却被秋风无缘无故地埋没！

## 绿萍之美

贺铸词中“绿萍涨断莲舟路”一句，像一幅美丽的画面定格在我们眼前。他为我们描绘出一幅曲折回旋的池塘被绿柳环绕，水面上偶尔有鸳鸯嬉戏，绿萍和莲花自由自在生长的景象。虽然池塘的水面不怎么宽广，但是浮萍却快乐地生长在它上面，远远地望去，水面像是铺了一层绿色的地毯，就连经常采莲的小舟也进不来了，句中的“涨”与“断”字，用得非常真切形象，形容出了绿萍的茂盛无边。

## ◎ 写作指导

贺铸这首词是以咏荷花为名，抒发自己怀才不遇的情感。虽然同为咏物类作品，但是词人咏物，很少停止在描写事物的状态上，多半有所寄托。因为这些都源于我们的生活，在生活中有许多事物可以加入个人的情感，达到相通的地步，我们在作文写作中也可以利用联想，由此及彼，抒发文外之意。

◎ 智慧点拨

贺铸这首《踏莎行》是一首咏物词，词人咏赞荷花出淤泥而不染的高尚品格，同时也哀叹荷花只能生长在一个被人遗忘的角落，自开自谢，最后在秋风中落尽花瓣，只剩下孤苦的莲心。其实，词人是借荷花比喻自己，词人满腹才华，却只能在坎坷、落寞中度过一生。有才华却没有施展的舞台，这种现象在封建社会非常普遍。但在今天就不一样了，只要你具有某方面的才能，你就能充分地展示出来，因为所有的舞台都为你敞开着。

## 若问闲愁都几许——贺铸《青玉案·凌波不过横塘路》

### 青玉案·凌波不过横塘路

贺铸

凌波①不过横塘路，但目送、芳尘去。锦瑟华年②谁与度？月台花榭③，琐窗④朱户，只有春知处。

飞云冉冉蘅皋⑤暮，彩笔新题断肠句。若问闲愁都几许？一川烟草，满城风絮，梅子黄时雨！

①凌波：形容女子步态轻盈。②锦瑟华年：指美好的青春时期。③花榭：花木环绕的房子。④琐窗：雕绘连锁花纹的窗子。⑤蘅（héng）皋：长着香草的沼泽中的高地。

你轻盈的步态不肯经过横塘这个地方，我只能遥遥地目送着你渐渐离去。也不知道此刻谁与你相伴，共度这美丽年华？也许是那修着偃月桥、花木环绕、雕着连锁花纹窗户的房子吧。恐怕只有春风知道你的归处。

天边缓缓流淌着美丽的云朵，沼泽中长着香草的高地在暮色中若隐若现。我在等候佳人的出现，不见佳人，我只能用彩笔写下悲伤的诗行。你若问我多忧伤，就像遍地的青草、满城的柳絮、漫天的雨水一样无边无际、绵延不绝。

## 闲情之美

贺铸在这首词里用“一川烟草，满城风絮，梅子黄时雨”几句表达了词人“闲愁”愁绪之大之深之多。词人通过描写暮春景色来抒发内心的绵绵愁绪，而词人的愁绪到底有多深有多大呢？他说请你放眼看那“一川烟草”吧，它们密密层层，多么茂盛；你再看那“满城风絮”吧，它们漫天飞扬，穿帘入户；请你再看那“梅子黄时雨”吧，它们连绵不断，似乎永远无休无止！看，这就是此人的“闲愁”，凄美得让人透不过气来。

### ◎ 写作指导

贺铸词中“若问闲愁都几许？一川烟草，满城风絮，梅子黄时雨”等句辞藻工丽，即景抒情，特别是词的结尾处接连使用三个巧妙的比喻：烟草、风絮、梅雨，形象新颖鲜明，当时即以“语精意新，用心良苦”而备受称赞。而且作者还巧妙用典，比如《洛神赋》《锦瑟》《江淹传》等，十分自然妥帖，体现了作者扎实的语言功力和广泛的阅读，这些都是作文成功的因素。

### ◎ 智慧点拨

贺铸这首《青玉案》，是作者晚年退隐苏州时候的作品。词人在词中借写相思之情，委婉地抒发了自己的苦闷闲愁和迷惘心境，同时隐隐表达了对美好未来的向往。这也使我们看到，人生之路并不是一帆风顺，总会经历一些坎坷，这个时候，学会调整心态很重要，因为未来依然美好，值得每一个人为之不懈努力。

卷十三

# 真情流露

## 匪女之为美，美人之贻——诗经《静女》

### 静女

诗经

静女其姝①，俟我于城隅②。爱而不见③，搔首踟蹰④。
静女其娈⑤，贻我彤管⑥。彤管有炜⑦，说怿女美⑧。
自牧归荑⑨，洵美且异。匪女之为美，美人之贻。

①姝（shū）：美，美好。②俟（sì）：等待，等候。城隅（yú）：城上的角楼。③爱：通“薆”，隐藏，隐蔽。见：通“现”，出现。④踟蹰（chí chú）：亦作“踟躇”，徘徊，来回走动。⑤娈（luán）：美好，娇美。⑥贻（yí）：赠送。彤（tóng）管：红色的茅草。⑦炜（wěi）：鲜明有光。⑧说怿（yuè yì）：喜爱。女（rǔ）：通“汝”，你。⑨归荑（kuì tí）：赠送荑草。归，通“馈”，赠送。荑，初生的茅草。

娴静的姑娘真美，她约我在城角旁相会。但是到了却没有露面，我搔头徘徊，内心紧张。

娴静的姑娘真美，送我红色的茅草。茅草鲜艳光亮，就像她的美貌。

赠我来自郊野的茅草，真是美好珍异。当然，不是草长得美，而是因为有美人相赠的情意在其中。

### 静女之美

城角边有一个小伙子在等着他的心上人，但是到了约好的时间，她还没有出现。正在小伙子踟蹰的时候，突然蹦出来一个美丽的少女，她拿着路上采的红色茅草，塞到了心上人的手中。原本以为是羞羞答答的约会，没有想到姑娘如此活泼可爱，反而是那个“搔首踟蹰”的小伙子显得有点傻气了，让人读来，不由得喜欢上了漂亮又古灵精怪的“静女”形象。

◎ 写作指导

这首诗清新活泼，生动有趣。比较这首诗中的静女与《关雎》中的窈窕淑女，还有这首诗中的男子与《关雎》中那位辗转反侧的男子，看看他们在性格、年龄上的差距。想象一下，他们都是多大的年轻人呢？

◎ 智慧点拨

男子赞美静女送的茅草美丽，并不是因为这根草比别的草长得好，而是因为送草的人对他来说太重要了。我们生活中也一定常常会收到礼物，我们是否会因为叔叔送的玩具比奶奶送的画笔昂贵，就格外喜欢叔叔呢？要知道，礼物的贵贱不是价格能衡量的，只要是用了真心的礼物，都是珍贵的。

## 俱怀逸兴壮思飞——李白《宣州谢朓楼饯别校书叔云》

### 宣州谢朓楼饯别校书叔云

李白

弃我去者，昨日之日不可留。
乱我心者，今日之日多烦忧。
长风万里送秋雁，对此可以酣高楼。
蓬莱文章①建安骨②，中间小谢③又清发。
俱怀逸兴壮思飞，欲上青天览④明月。
抽刀断水水更流，举杯消愁愁更愁。
人生在世不称意，明朝散发弄扁舟。

①蓬莱文章：指文章繁富。②建安骨：建安风骨，指建安时期以

曹操父子和“建安七子”的诗文创作风格为代表的文学风格。③小谢：南朝齐诗人谢朓。后人将其与南朝宋诗人谢灵运并列，称他为“小谢”。④览：通“揽”，摘取。

弃我而去的，是无可挽留的昨日；扰乱我心的，是眼前诸多的烦恼。万里长风送走了秋雁，此情此景，正好在高楼上畅饮。我要由衷赞美汉家文章和建安风骨，更喜爱小谢这种清新秀丽的诗风。怀着无限雅兴想要高飞，到九天之上去把弄明月。抽刀断水水仍流，用酒消愁更添愁。人生总是有不能称意的时候，不如披散头发去湖中泛舟。

## 跌宕之美

分析这篇文章的结构，我们可以看到几个明显的层次：前四句宣泄自己的郁闷之情，随后赞美建安七子及谢朓等人的文章，抒发诗人的抱负，正欲奋飞之时，又意识到理想不能实现而陷入痛苦，“抽刀断水水更流，举杯消愁愁更愁”，成为人们对惆怅欲罢不能的经典解说。最后两句说明诗人要远离现实，以求得内心的安宁。全诗跌宕起伏，是典型的李白风格。

### ◎ 写作指导

光看《宣州谢朓楼饯别校书叔云》这个名字，你会以为是一篇送别的文章，但是读到里面的内容，发现其实是一篇抒发感情的佳作，而这个普通的名字似乎配不上这么一篇好诗。想一想，如果要你重新起一个名字，你会怎样起呢？

### ◎ 智慧点拨

李白说“抽刀断水水更流，举杯销愁愁更愁”，的确，忧愁是一种越纠缠越多的东西，唯一能消灭它的，就是面对问题，解决问题，从根本上消除忧虑。比如，我们不善于演讲，或者不善于书法时，与其羡慕那些滔滔雄辩的人，赞叹那些书法优美的人，不如自己去练习、提高。任何逃避都不能解决问题，只有直面现实才是真正的妙药。

## 虞兮虞兮奈若何——项羽《垓下歌》

### 垓下歌

项羽

力拔山兮气盖世。时不利兮骓①不逝。
骓不逝兮可奈何！虞②兮虞兮奈若何！

①骓（zhuī）：指项羽的乌骓马。②虞：项羽的妃子虞姬。

我的力量大到可以拔起大山，豪气盖世无双。可时间对我不利，我的乌骓马再也跑不起来了。乌骓马不能行时，我能怎么办？虞姬啊虞姬，我失败以后你怎么办呢？

### 柔情之美

西楚霸王项羽知道自己走上了绝路，这是他写的绝命诗。虽然他曾经“力拔山兮气盖世”，但愿赌服输，大势已去，他也没有什么好留恋的。这时他唯一的忧虑，是曾经陪伴他东征西讨的美人虞姬的前途。他担心虞姬的命运将会十分悲惨，想到这里，铁骨铮铮的男子也忍不住哀伤地唱出自己的忧心：“虞兮虞兮奈若何！”在这简短的句子里，包含着项羽的一片柔情。

◎ 写作指导

《垓下歌》篇幅短小，却表现了人生的两个方面：生命的起伏无常，爱情的永恒。但是这两个方面对青年人来说，还都太笼统，也许你还不能有所体会。所以先去了解项羽这个人，之后想一想项羽的这首诗是怎样与他的人生联系在一起的。

◎ 智慧点拨

爱一直是人类奋发和前进的精神支柱，纵是杀人不眨眼的魔头，在爱的面前也不免匍匐拜倒。项羽就是这样一个人，他看起来很勇猛，但内心也柔软而多情。读完这首诗，你是否会另眼相看生活中那些看起来很古板、威严的人呢？其实每一个人的心中都有柔弱的一面，越是表面上看起来无情的人，也许越是多情。人与人之间，不要看表面冷暖，只有长久相处，才能看出一个人的真心。

## 白日放歌须纵酒——杜甫《闻官军收河南河北》

### 闻官军收河南河北

杜甫

剑外忽传收蓟北①，初闻涕泪满衣裳。
却看妻子②愁何在，漫卷③诗书喜欲狂。
白日放歌须纵酒，青春作伴好还乡。
即从巴峡穿巫峡，便下襄阳向洛阳。

①剑外：剑门关以外，这里指四川。当时杜甫流落在四川。蓟北：今河北北部一带，是叛军的老巢。②妻子：妻子和孩子。③漫卷：胡乱卷起。指高兴得不能读书了。

在剑外忽然听说唐军收复蓟北的消息，顿时百感交集，流下了激动的泪水。回头再看看妻子儿女，所有的忧愁都烟消云散了。胡乱收卷着诗书，我高兴得快要发狂，今天我要开怀痛饮，放声歌唱。明媚春光和我做伴，我终于可以起程还乡，应该立即从巴峡穿过巫峡，到了襄阳便奔向洛阳。

### 急切之美

一听说河南河北被收复了，杜甫高兴得近乎发狂。他平时爱惜的史书也乱卷一气，“即从巴峡穿巫峡，便下襄阳向洛阳”，这是恨不能马上回到洛阳家乡去。杜甫的诗总是给我们沉重、理性的感觉，唯有这一首特别急切、张狂。是什么让杜甫一时间没有了任何负担？那就是平定叛乱的好消息。也许他除了能得到一个破损的家园，不会有什么意外的收获，但是大局平定下来了，这比什么都令他高兴啊！

### ◎ 写作指导

听到好消息的杜甫不仅要饮酒放歌，还要赶快回到家乡。他说“即从巴峡穿巫峡，便下襄阳向洛阳”，一口气说出了四个地名，可见他平时心心念念的就是回家。我们在表达感情的时候，尽量少用“我太高兴了”“我很难过”这样的空话，像杜甫一样写出你的行为和想法，这样更能突出感情的强烈。

### ◎ 智慧点拨

此诗写的是听到安史之乱的主要部队被打败时，杜甫内心的激动心情。杜甫内心担忧的不仅有妻子生活的来源，更有家国安定、人民幸福这些看起来与自己无关，其实与每个人都息息相关的事情。正是因为他内心装着大国，他的文章才能大气、厚重。一个人的心胸有多大，属于他的世界就有多大。

## 云深不知处——贾岛《寻隐者不遇》

### 寻隐者[①]不遇

贾岛

松下问童子，言师采药去。
只在此山中，云深不知处。

①隐者：古代指不肯做官而隐居在山野的人。

松下遇到一个年少的学童，我问他师傅在哪里。他说他师傅已经去山中采药了，就在这座大山里，但山中云雾缭绕，不知他究竟在何处。

### 深山之美

这首诗写的是一件生活中的小事情，但读完之后，人们眼前浮现的是一座深不可测的大山。那里有青松、隐者、各种各样的奇花异草，而且无法窥见全貌，“云深不知处”，就像是一个有神仙隐居的仙山，这也体现了诗人寻隐者希望渺茫的失落之情。

### ◎ 写作指导

这首诗有两个感情起伏：遇见童子时一个兴奋点，望着深山时一个低落点。一起一伏，让读者也感受到寻隐者不遇的失落感。我们文章中的感情也要有起有伏，顺序可以根据情节需要来安排。试想你去参加一个多年不见的朋友组织的聚会，你会遇到怎样的情节呢？

### ◎ 智慧点拨

贾岛写诗以推敲闻名，但是这一首诗看来一气呵成。诗文可以精雕细琢，也可以粗犷不羁。做人也是如此，该讲究的时候就讲究，不该讲究的时候就要大气一些，不能做一个斤斤计较的温室小花朵，对别人宽容一些，体谅一些；对自己则要严格一些，认真一些。

## 谁言寸草心——孟郊《游子吟》

**游子吟**

孟郊

慈母手中线，游子身上衣。

临行密密缝，意恐[1]迟迟归。
谁言寸草心，报得三春晖。

①意恐：生怕，担心。

慈祥的母亲手中的针线，都化作了远行游子身上的衣裳。将要告别父老的时候，她做了一件新衣，缝得仔仔细细，因为她担心孩子要很久之后才能回来。谁敢说子女像小草那样微弱的孝心，能够报答得了像春晖般慈母的恩情？

## 慈母之美

这首诗歌颂了一个慈祥、贤惠、勤劳的母亲。她听说孩子要走，就赶紧为他做一件结实、温暖的衣服。“慈母手中线，游子身上衣”这一句写出了千百年来母亲对孩子的关爱，是那么无私、温暖、朴实。母亲不仅用自己的双手为孩子遮风挡雨，更把对孩子的牵肠挂肚缝进衣服中，让孩子随时感受家的温暖。

### ◎ 写作指导

“谁言寸草心，报得三春晖”孟郊用小草来比喻孝心，用春光来比喻母亲的爱。那我们如果要写另外三个季节的孝心和母爱，如何来安排那三个季节的代表植物、动物呢？或者，如果要你用友谊、理解、包容等来解释春草，又该如何写呢？

### ◎ 智慧点拨

母亲是世界上最爱我们的人，她也许对你很严格，曾经责骂过你，让你做自己不喜欢的事情，但你要知道，那都是因为她爱你。从古至今，对母亲的歌颂就没有中断过，因为母亲承担了太多责任，却从来不要求儿女回报。现在我们能对父母做的报答，就是照顾好自己的身体，并且珍惜学习的机会，不要让父母太操劳。

## 衣带渐宽终不悔——柳永《蝶恋花·伫倚危楼风细细》

### 蝶恋花·伫倚危楼风细细

柳永

伫倚危楼①风细细，望极春愁，黯黯生天际。
草色烟光残照里，无言谁会凭阑意。
拟把②疏狂图一醉，对酒当歌，强乐还无味。
衣带渐宽③终不悔，为伊消得人憔悴。

①危楼：高楼。②拟把：打算。③衣带渐宽：指人逐渐消瘦。

久立在高楼上，微风拂面，望不尽春日的愁绪，黯黯然地蔓延至无边的天际。碧绿的草色，迷蒙的烟光，掩映在落日里，如此沉默，谁能理解他凭栏的用意呢？

打算借着这疏懒放纵的心情去喝个大醉，可是对着美酒纵情高歌勉强取得欢乐，反而毫无意味。昔日合身的衣服现在都松宽了，但他始终不感到懊悔，正是为了她才消瘦得颜色憔悴。

### 深婉之美

面由心生，一个人面容憔悴，必然是心中有郁积的哀愁。柳永的这首词，主人不仅面容憔悴，甚至“衣带渐宽”，消瘦得失去了往日模样。这是因为，他一直在思念一个见不到面的人。“衣带渐宽终不悔，为伊消得人憔悴”这一句说出了多少相思儿女的一片深婉痴心。

◎ 写作指导

直到诗的最后，读者才知道作者是为伊人憔悴，前面的景色描写，也都是在围着最后的点题做铺垫。画龙点睛之笔往往藏在最后，但是前面的“画龙”功夫也是不能马虎，要有一个好的基础，最后的“点睛”才格外有价值。

◎ 智慧点拨

王国维说，可以用“衣带渐宽终不悔，为伊消得人憔悴”来形容一种寻觅的境界。那是一个有目标、也有行动的境界，不仅为了目标而努力，而且心中无怨无悔。青少年时期正当是这种境界的时期，选择好自己的目标，然后坦然面对各种困难和代价。

## 料得年年肠断处——苏轼《江城子·十年生死两茫茫》

### 江城子·十年生死两茫茫

苏轼

十年[①]生死两茫茫，不思量，自难忘。千里孤坟，无处话凄凉。纵使相逢应不识，尘满面，鬓如霜。

夜来幽梦忽还乡[②]，小轩窗，正梳妆。相顾无言，惟有泪千行。料得年年肠断处，明月夜，短松冈[③]。

①十年：这里是指苏东坡的妻子王弗去世十年。②还乡：回到了当年他们夫妻共同生活的故乡。③短松冈：王弗的坟地。

你去世已经十年，彼此音讯渺茫。不用刻意去思念，本来想忘记都不可能。你的孤坟远在千里，无人与你共话凄凉。你我即使相逢，也应该不会认识吧，如今的我已是灰尘满面、鬓发如霜之人了。

晚上忽然梦见回到了家乡，只见你正在小窗前梳妆。我们相顾无言，唯有泪水簌簌地往下落。年年让我断肠的地方，正是那明月照耀的短松岗。

### 无言之美

这首诗中的苏东坡正经历人生中最低潮的时期，而他的妻子王弗也去世十年了。突然梦见正在梳妆打扮的娇妻，他们竟然“相顾无言，惟有泪千行”。分别了十年，为何没有言语？因为苏东坡看王弗，还是当年那副可爱的模样，内心百感交集；而王弗看苏东坡，俨然已经是鬓发苍苍的老者，青春不再，更加心痛。此时无声胜有声，两人虽然无言，但内心已经领会了彼此的情意。

### ◎ 写作指导

苏东坡的每首词都算得上是真情真意，但是这一首格外让人唏嘘：那个站在赤壁高歌“大江东去”的苏东坡，也会有这样凄恻、哀婉的时候，这时的他更加接近一个寻常的丧妻之人，让人格外同情。常常刚毅的人突然写起柔情小词，格外令人印象深刻。如果你是一个经常写单一题材文章的人，不妨也去尝试自己很少创作的另一种题材。

### ◎ 智慧点拨

不管是伟大的词人，还是寻常老百姓，都需要有至亲陪伴，需要一双善于倾听的耳朵，一个可以依靠的港湾。感情永远是世界上说不完、讲不尽的主题。如何与身边的人相处、如何带给他们快乐、帮助他们渡过难关，这是每个人一生当中都会面对、思考、解决的问题。

## 两情若是久长时——秦观《鹊桥仙·纤云弄巧》

### 鹊桥仙·纤云弄巧

秦观

纤云弄巧，飞星①传恨，银汉②迢迢暗度。金风玉露③一相逢，便胜却人间无数。

柔情似水，佳期如梦，忍顾鹊桥归路。两情若是久长时，又岂在朝朝暮暮。

①飞星：流星。②银汉：银河。③金风：秋风。玉露：晶莹似玉的露珠。

纤细轻柔的云彩翻弄着优美的形状，划过天空的流星在传递离恨，银河辽阔难渡。但牛郎与织女秋风玉露时的相逢，胜过人间千万次的相处。

温柔的情谊像流水，期盼着梦一样的相逢之日，分别时不忍心看那鹊桥。然而，两人的感情如能经得起时间的考验，又哪里在乎片刻的耳鬓厮磨？

## 相逢之美

为了显示出牛郎织女这样的有情人的相逢，秦观形容他们是“金风玉露”，可见两人都不是人间的凡夫俗子，会为了庸俗的情爱而在一起。秦观在这首词中，流露出了自视甚高的优越感，他调笑人间的爱情太腻味，“两情若是久长时，又岂在朝朝暮暮”这句话成为那些不能长相厮守的人彼此安慰、期盼难得相逢的表白。

### ◎ 写作指导

从这首词的字面上来看，每一句话都非常唯美，有“纤云”“飞星”“金风玉露”“柔情似水”“佳期如梦”这些非常柔和、浪漫的字眼。多读宋词，我们会发现走“婉约”路线的作品在遣词造句上都喜欢用柔和缠绵的意象，并且成为我们今天约定俗成的表达浪漫的一些常用语。所以，只要我们熟读了婉约派宋词，写出情意含蓄的文章并不是什么难事。

### ◎ 智慧点拨

也许你有这样一个朋友：很久不联系，但是只要联系上了，就像没有分开一样。就像秦观说的：两情若是久长时，又岂在朝朝暮暮。友情也是这样，只要相互信赖、相互支持，就没有什么距离、隔阂，即便相隔万里，也能“天涯若比邻”。

## 只愿君心似我心——李之仪《卜算子·我住长江头》

### 卜算子·我住长江头

李之仪

我住长江头，君住长江尾。

日日思君不见君，共饮长江水。

此水几时休，此恨何时已[1]。

只愿君心似我心，定不负相思意。

①已：停止。

我住在长江上游，你住在长江下游。我天天思念着你却见不到你，只知道我们共饮着同一条江河的水。

长江之水何时能休止，我对你的思念何时能停歇。但愿你的心同我的心一样，一定不会辜负这番相思的情意。

### 相思之美

李之仪的这首小词几乎不用翻译，读者就能感受到他想要表达的相思之情。一个住在长江上游，一个住在长江下游，虽然不能见面，但是只要知道两人共饮着一江水，还是觉得情意能够传达。“日日思君不见君，共饮长江水”，长江沿岸有多少人在饮着江水，但是唯独江尾上的你是那样与众不同，只因为我的世界中，只有这一个人。

◎ 写作指导

一个巧妙的联系能将天各一方的两个人系在一起，就像这首诗中的“共饮共江水”一样。想一想，这时与你分别的朋友或者亲人，你如何找一个联系来表达对他们的思念之意呢？不一定要完全一样的事物，可以是相似的地名、相同的称呼、相近的处境等等。

◎ 智慧点拨

古代的词人大多都会借着女子的口吻来抒情，而且也会以女子的角色来诉说。像曹植的《燕歌行》、李之仪的《卜算子》等，所以我们体会情感的时候，不要把作者和文章中的人物混为一谈。事实上，很多文学著作都是作者的想象加上生活经验而成，每个人都能假设自己是各种角色。在你失意的时候，不妨假设自己是初次上战场的将军，只会越挫越勇；当你得意的时候，可以假设自己是小胜第一局的棋手，要格外小心。在不同的假设中，我们可以更清楚地看到自己的位置。

# 卷十四

# 怀古伤今

## 念天地之悠悠——陈子昂《登幽州台歌》

### 登幽州台[1]歌

陈子昂

前不见古人，后不见来者。
念天地之悠悠，独怆然[2]而涕下！

①幽州台：在今北京。相传燕国时期，燕昭王将黄金置于台上，招纳贤才，所以幽州台又叫作黄金台，郭隗（wěi）就是燕昭王用黄金台招纳的第一位贤才。②怆然（chuàng）：悲伤，凄恻。

陈子昂登上幽州台，既看不到当年为了招纳贤人而修建此台的燕昭王，又看不到效仿燕昭王的后世明君。在高远的天与广袤的地之间，不禁悲从中来，泪流满面沾湿了衣襟。

### 叹息之美

这首诗蓦地而来，戛然而止，它明白如话，像一声长长的浩叹，一声宣泄愤懑的长啸。前——不见——古人，后——不见——来者。念——天地——之——悠悠，独——怆然——而——涕下！

“前不见”与“后不见”两句，俯仰古今，写出了时间的绵长；登楼眺望，“天地之悠悠”，写出空间辽阔。在悠长的历史时间和广阔无垠的背景下，诗人“独怆然”，他的孤单寂寞、悲哀苦闷，分外凄美动人。

◎ 写作指导

虽然诗人没有写登台的时间和背景，但我们眼前仿佛出现了一幅北方原野苍茫广阔的背景，而在这背景之上，兀立着一位因报国无门而感到伤悲的陈子昂，两相对比，诗人的感情跃然纸上。

对比烘托是写作常用的一种手法，陈子昂在这首诗中，就通过天地和时间的广大来烘托个人的渺小孤独。我们在突出个人感情或者一个事物的时候，也可以通过对比烘托来体现。假如你想表达自己此时的心境，想一想用什么来做背景最能起到烘托的效果呢？

◎ 智慧点拨

陈子昂是初唐诗人，万岁通天元年（696），契丹攻陷营州，武则天委派武攸宜率军征讨。当时陈子昂在武攸宜的幕府中担任参谋，于是随军出征。武攸宜为人轻率，也没有谋略，打仗的第二年就兵败了。危机之中，陈子昂献上一计，但武攸宜没有采纳。陈子昂再向武攸宜进言的时候，竟被降了职。他登上幽州台，怀着重重心事，写下了这一首表达孤独和无奈的诗。

面对困难，有时也要学会低头。如果陈子昂能够放低自己的姿态，找到另一种方法，既表达自己的见地，又能让上级采纳，也就不会有这样的旷古之悲了。

## 只今惟有鹧鸪飞——李白《越中览古》

### 越中①览古

李白

越王勾践破吴归，义士还家尽锦衣。
宫女如花满春殿，只今惟有鹧鸪飞。

①越中：唐朝的越中在今天的浙江省绍兴市。

当年越王勾践打败吴王夫差后回去。胜利的越军们享受着成功的果实，奢华富贵地穿尽了各种各样的锦衣。那时整个宫殿中都是面若桃花的女子，如今只剩下鹧鸪在遗迹上飞翔。

### 省略之美

绝句不是历史小说，要在短片中体现出历史的沧桑感，就需要大量地裁剪素材。这里有“尽锦衣”与“满春殿”，写出了越军们回家之后极尽荣华的生活，当年卧薪尝胆的越王的子孙如何骄奢淫乱。“宫女如花满春殿，只今惟有鹧鸪飞”，看着鹧鸪在遗迹上飞翔，当年的繁华已经不再，还有什么比这些鸟儿更能讽刺一时的富贵呢？短短几字，说尽了历史的变幻无常。

◎ 写作指导

一边是美人满宫殿，丝竹之乐盛，一边是梁上鹧鸪飞，荒草漫无边。两幅差距极大的图放到一起，读者自然就能感受到落差带来的冲击感，也自然而然就会想到李白想要表达的以史为鉴的意图。他的另一首诗《苏台览古》写着：“旧苑荒台杨柳新，菱歌清唱不胜春。只今惟有西江月，曾照吴王宫里人。”把今天的景象放在前，把古代的景象移到后。比较一下两首诗的异同。

◎ 智慧点拨

卧薪尝胆的故事告诉我们，有志者事竟成；但是成功之后，是不是就无忧无虑了呢？李白的这首《越中览古》冷静地告诉后人，没有可以传承万代的江山，只要有人遗忘了艰苦创业时的朴素、节俭、忍辱负重，他的成功果实就会被收回。打江山难，守江山更难，因为人们往往只有一时的热情，没有持久的恒心。

## 出师未捷身先死——杜甫《蜀相》

### 蜀相

杜甫

丞相[①]祠堂何处寻？锦官城[②]外柏森森。

映阶碧草自春色，隔叶黄鹂空好音。

三顾[③]频烦天下计，两朝开济[④]老臣心。

出师未捷身先死，长使英雄泪满襟。

①丞相：三国时蜀国丞相诸葛亮。②锦官城：今四川省成都市。③三顾：指刘备三顾茅庐。④开济：帮助刘备开国，辅佐刘禅继位。

诸葛丞相的祠堂在哪里？就在锦官城外松柏累累的地方。石阶的绿草映成一片春色，隔着树叶的黄鹂空有好听的嗓音。当年三顾茅庐后，诸葛先生频繁讨论天下大计，辅佐刘备、刘禅两朝，竭尽臣子的忠心。可惜出师还没有取得最后的胜利就先病死，这遗憾常使后世遭遇相似的英雄们泪满衣襟。

## 雄浑之美

诸葛亮神机妙算，帮助刘备开创蜀汉江山，与曹操孙权三足鼎立，后来又帮刘备辅佐太子刘禅，可惜功未成，身先死。这个故事杜甫概括为“三顾频烦天下计，两朝开济老臣心”，工整的对仗之中，有一股雄奇的崇拜之情。但杜甫写这首诗并不光是为了赞美，主要目的还是抒发自己与诸葛亮同样壮志未酬的悲伤，“出师未捷身先死，长使英雄泪满襟”。天下英雄莫不相惜，杜甫也是其中之一。在沉郁顿挫的诗风后面，有一个气概雄浑的大丈夫。

### ◎ 写作指导

用典故的时候，重在简约，不能长篇大论地说历史，而要点到为止，一笔带过。这里杜甫用了两个量词来概括诸葛亮的功绩：“三顾”“两朝”，同样的说法还有“七擒孟获”“三打白骨精”等，用一个量词将这个人的主要功绩都说尽了，不仅全面，还体现了作者提炼语言的能力。我们在提到历史故事的时候，为了简约，也可以用这种总结方式。

◎ 智慧点拨

从“隔叶黄鹂空好音”这句诗来看，杜甫不喜欢善于歌唱的黄鹂，因为他心中衡量好坏的标准不在于是否能说会道，而是看是否有真才实学。像诸葛亮这样神机妙算之人，又忠心于君主，才是值得尊敬的人。孔子说“巧言令色鲜矣仁”，我们可不能做黄鹂这样的花言巧语之辈，要赢得别人的尊敬，还须身体力行地实践那些美德。

## 人世几回伤往事——刘禹锡《西塞山怀古》

### 西塞山①怀古

刘禹锡

王浚楼船下益州②，金陵③王气黯然收。
千寻铁锁沉江底④，一片降幡出石头⑤。
人世几回伤往事，山形依旧枕寒流。
今逢四海为家日，故垒萧萧芦荻秋。

①西塞山：在今湖北省黄石市。唐穆宗长庆四年（824），刘禹锡自夔州（今重庆市奉节县等地）调往和州（今安徽省和县）任刺史。他在赴任途中，经过西塞山时写了这首诗。②王浚：晋益州刺史。益州：在今成都。晋武帝谋伐吴时，派王浚造大船，船上以木为城起楼，可容纳二千余人。③金陵：今南京，当时是吴国的都城。④“千寻”句：这一句指的是东吴末年，孙皓命人在江中安铁锥，用大铁索横于江面，拦截晋船，但最终失败。寻是长度单位。⑤“一片”句：王浚率船队从武昌顺流而下，直到金陵，攻破了石头城，孙皓到营门投降。

晋代的王浚曾经乘着楼船，自成都东下，金陵帝王的瑞气便黯然消失了。吴国千寻铁链也被烧沉在江底，金陵城头悬挂着一片投降的白旗。人间有多少令人伤心的兴亡往事，但是高山依旧枕着寒冷的流水。从此四海一家都过着太平日子，曾经的战场长满芦荻，只有秋风飒飒。

## 隐忧之美

从夔州出三峡，要经过西塞山。刘禹锡正好走了这一程，于是触景生情，不禁写下了这首怀古诗。前代的战乱和争斗已经不再，他身处的是“四海为家”的唐朝。古今对比，大唐二百余年的统一安定尤为珍贵，诗人认为一定要将这统一的局面维护下去。

然而，刘禹锡所在的唐朝，已经盛世不再了。“人世几回伤往事，山形依旧枕寒流”，往事似乎又要重演，藩镇拥兵自重，“四海为家”的景象之下，深重的隐忧已经渐渐显现出来。眼看祖宗基业岌岌可危，刘禹锡的诗中怎能没有担忧和无奈?

### ◎ 写作指导

《西塞山怀古》是以山川为线索，刘禹锡的“撒手锏”就是善于寻找联系古今的线索，比较一下这两首诗在情绪和背景上的异同。我们已经有了很多关于金陵古城的知识，不妨也采用刘禹锡式的笔法，创作一首感叹金陵的文章。

### ◎ 智慧点拨

居安思危，才能长治久安。身在晚唐的刘禹锡已经感觉到大国衰落的迹象，于是不断提醒自己也提醒同时代的人，要珍惜和维护现在的和平。生逢太平之世的我们，也应有这样一份未雨绸缪的预见性，把灾难化解在萌芽之中。国家大事并不仅仅是领导人的事，也是我们每一个人应该关心的。现在努力学习，将来总会有机会建设我们的祖国。

## 东风不与周郎便——杜牧《赤壁》

### 赤壁

杜牧

折戟沉沙铁未销，自将磨洗认前朝。
东风不与①周郎便，铜雀②春深锁二乔。

①不与：若不与。②铜雀：建安十五年（210），曹操于邺城（今河北省临漳县）建造楼台，因楼顶铸有大铜雀而得名。

沉没在泥沙中的钩戟尚未完全融化，拾起来磨洗一番，隐约可见这是前朝遗物。倘若东风不助周瑜一臂之力，曹操的八十万水军就不会溃不成军，那曹操建造的广罗天下名姬的铜雀台，恐怕就要把东吴美人大乔和小乔锁住了。

### 狂生之美

在杜牧眼中，周瑜不过是借了东风得势的小人，“东风不与周郎便，铜雀春深锁二乔”。大乔是孙策夫人，小乔是周瑜夫人，如果不吹东风，恐怕吴国的这两位夫人就要被曹操抢去做丫鬟了。在这种调侃历史的语气背后，是一个像阮籍一样感叹“时无英雄，使竖子成名”的大丈夫，他自信胜过周瑜，谈笑历史镇定从容，这样的杜牧正是那个“十年一觉扬州梦，赢得青楼薄幸名”的狂生。

◎ 写作指导

原来历史可以这样写！杜牧的读史方式不同于以往单纯的感慨和悲叹，而是反推历史，大胆提出自己的假设，这在文学史上是一个创举。我们也可以大胆假设各种历史，如果毛遂没有自荐，如果韩信不能忍辱……丰富的历史可以为我们的创作提供无限空间。

◎ 智慧点拨

历史虽然厚重，但也不是不可以质疑的金科玉律。事实上，有很多历史故事是有争议的，比如范蠡的最终去向，郑和下西洋的真正目的，等等。对待权威，我们不能忘记怀疑精神，很多科学发明也都是从怀疑中产生。怀疑并不会让我们失去什么，只会让我们拥有的知识更加可信。

## 一骑红尘妃子笑——杜牧《过华清宫》

### 过华清宫①

杜牧

长安回望绣成堆②，山顶千门次第③开。
一骑④红尘妃子⑤笑，无人知是荔枝来。

①华清宫：故址在今陕西省临潼区骊山，是唐明皇与杨贵妃游乐之地。②绣成堆：指花草林木和建筑物像一堆堆锦绣。③次第：按顺序。④一骑：指一人一马。⑤妃子：指贵妃杨玉环。

从长安眺望骊山，佳木葱茏、花繁叶茂，富丽堂皇的建筑掩映其间，宛如一堆锦绣。山上的层层宫门次第打开，飞奔的驿马让道路上尘土飞扬，深宫中的杨贵妃不禁破颜一笑，没有人知道，这是为她专门运来的新鲜荔枝。

### 冲突之美

这首诗中蕴含了两个冲突：一个是唐朝的宫殿在长安，但是使者却“回望长安”，另有去向；另一个是一骑红尘与妃子笑，本来没有联系，为何放在一起。解开了这两个冲突，也就读懂了这首诗。第一个冲突的答案是：唐明皇不在京城批阅奏章，妃子也不在后宫，他们正在骊山行乐。第二个冲突的答案则是：八百里加急送的不是十万火急的公文，而是杨贵妃喜欢的鲜荔枝！两个冲突，将安史之乱前的帝王荒唐，写得入木三分。

◎ 写作指导

我们也要学会和杜牧一样，把答案放在最后揭晓。这样更能吸引人的兴趣，也能让读者自己开动脑筋去思考问题，体会到阅读的乐趣。不过，我们之前埋下的问题，能够吸引读者的，是要与文章密切相关的，使最后的答案就像这里的“无人知是荔枝来”，一下子说出了全部的秘密，要达到这样的效果。

◎ 智慧点拨

苏轼在《荔枝叹》中说：“宫中美人一破颜，惊尘溅血流千载。”杨贵妃引发的悲剧，不仅使李唐王朝的王位动摇，更让黎民百姓深受其害。不过这些诗文都是“事后诸葛”，不能改变当时的情况，唯一的作用就是警告后来人：不管贵为天子还是普通百姓，永远不要放纵和溺爱家人。

## 风流总被雨打风吹——辛弃疾《永遇乐·京口北固亭怀古》

### 永遇乐·京口[①]北固亭怀古

辛弃疾

千古江山，英雄无觅，孙仲谋[②]处。舞榭歌台，风流总被雨打风吹去。斜阳草树，寻常巷陌，人道寄奴[③]曾住。想当年[④]，金戈铁马，气吞万里如虎。元嘉草草[⑤]，封狼居胥，赢得仓皇北顾。四十三年[⑥]，望中犹记，烽火扬州路。可堪回首，佛狸祠[⑦]下，一片神鸦社鼓[⑧]。凭谁问：廉颇老矣，尚能饭否？

①京口：今在江苏省镇江市，因临京岘山、长江口而得名。②孙仲谋：三国时的吴王孙权，字仲谋，曾在京口建都。孙权是长沙太守孙坚的第二个儿子，幼年跟随兄长孙策平定江东，孙策早逝，孙权继位为江东之主。③寄奴：南朝宋武帝刘裕小名。刘裕，字德舆，小名寄奴，南北朝时期宋朝的建立者，史称宋武帝。中国历史上杰出的政治家、卓越的军事家。④“想当年”三句：刘裕曾两次领晋军北伐，收复洛阳、长安等地。⑤“元嘉草草”句：元嘉是刘裕之子刘义隆的年号。刘义隆好大喜功，仓促北伐，遭到对手的重创。草草，轻率。⑥“四十三年”句：辛弃疾自宋高宗绍兴三十二年（1162）南归，到写这首词的时候相距四十三年。⑦佛狸祠：北魏太武帝拓跋焘小名佛狸。他曾挥兵南下，从黄河北岸一路穿插到长江北岸，并且在长江北岸瓜步山建立了行宫，也就是佛狸祠。⑧神鸦：在庙里吃祭品的乌鸦。社鼓：祭祀时的鼓声。到了南宋时期，当地老百姓只把佛狸当作一位神祇来奉祀供奉，而不知道他过去曾是一个皇帝。

江山存在千古，但孙权那样的英雄已经无处找寻了。当年歌舞繁华的景象和英雄的业迹，都在风雨吹打的时光中流逝。夕阳中长满草树的普通街巷，人说那是刘裕住过的地方。回想当时，刘裕带兵征讨，气势如同猛虎，把盘踞中原的敌人一下子都赶回了北方。

元嘉年间，刘裕的儿子宋文帝刘义隆兴兵北伐，想再建立父亲那样的功业，但草率起兵，只落得自己被追兵驱赶，仓皇失措的下场。转眼四十三年过去了，再遥望北方，还记得当年扬州一带遍地烽火。往事不堪回首，北魏皇帝佛狸的庙前香烟缭绕，满是祭祀的声音！谁还会来问，廉颇老了，饭量如何？

## 踟蹰之美

这首诗中的辛弃疾，阐释了什么叫作“意踟蹰”。从二十三岁追随南宋以来，辛弃疾就怀着一腔报国热情，他背井离乡，在南方待了四十三年，本想收回控制在金手中的宋室国土，但一直不得志后归隐。六十六岁那年，他被朝廷起用。辛弃疾初到抗战前线镇江，就积极准备北伐。他建议朝廷把伐金之事委托给元老重臣，但不被韩侂胄采纳，还被降官。后来他索性被调离镇江，不被允许参加北伐。无奈和痛苦的辛弃疾只有登上镇江的北固亭，瞭望长江以北的广大地区，感叹“舞榭歌台，风流总被雨打风吹去”，写下这满是历史典故与报国无门之苦的词句，但是他的灵魂深处，依然有一颗拳拳爱国之心。

◎ 写作指导

这首词中有很多典故，初学古诗词的人可能会觉得难懂。这也提醒我们，写文章的时候要照顾到读者的接受能力。当然，辛弃疾不是为了别人而写作的，在此没有考虑别人，只想将自己的情感抒发出来，所以他并没有错。但是我们在写信件、通知等文章的时候，尽量不要使用生僻字和比较陌生的典故，否则只会让文章突兀，适得其反。

◎ 智慧点拨

廉颇是战国时赵国的名将，他曾经负荆请罪，也曾在赵括纸上谈兵之前指挥赵国大军取得多次胜利，但是后来被赵王免职。赵王想再用廉颇，又担心他年老体衰，就派人去看他的身体情况。廉颇一顿饭吃了米一斗，肉十斤，披甲上马，表示自己身体很好。但是在廉颇仇敌的指示下，使者告诉赵王说廉颇还能吃，但是一会儿工夫就去了三趟厕所。赵王认为廉颇老了，就没用他。这个典故也告诉了我们，不要偏听偏信，否则就会产生误会。

## 二十四桥仍在——姜夔《扬州慢·淮左名都》

### 扬州慢·淮左名都

姜夔

淮左[①]名都，竹西[②]佳处，解鞍少驻初程。过春风十里，尽荠麦青青。自胡马窥江[③]去后，废池乔木，犹厌言兵。渐黄昏，清角吹寒，都在空城。

杜郎[④]俊赏，算而今、重到须惊。纵豆蔻词工，青楼梦[⑤]好，难赋深情。二十四桥[⑥]仍在，波心荡，冷月无声。念桥边红药，年年知为谁生。

①淮左：宋在苏北和江淮设淮南东路和淮南西路，淮南东路又称淮左。②竹西：扬州城东一亭名，景色清幽。杜牧《题扬州禅智寺》："谁知竹西路，歌吹是扬州。"③胡马窥江：1129年和1161年，金兵两次南下，扬州都遭惨重破坏。这首词作于1176年。④杜郎：唐朝诗人杜牧。⑤青楼梦：杜牧《遣怀》："十年一觉扬州梦，赢得青楼薄幸名。"⑥二十四桥：在扬州，传说有二十四美人吹箫于此。又名红药桥，桥边生红芍药。

路过淮河东边著名的都会扬州，看到竹西亭的美景，便解下马鞍稍做停留。经过十里扬州，荠菜麦子青葱繁茂。自从金兵离去以后，连这里荒废的池苑和乔木，提到战争还厌恶不堪。渐渐到了黄昏，凄凉的角鼓声让人心寒，扬州俨然空城。

风流倜傥的杜牧如果今日重游，一定会感到吃惊。就算他写出了"豆蔻""十年一觉扬州梦"这样的佳句，恐怕也难表达出现在的感情吧。二十四桥仍然还在，桥下水波荡漾，月色凄清。想着桥边的红芍药，它们可曾知道自己年年花开为谁人！

## 伤乱之美

这也是一首感慨扬州繁华不再的词，词中对战争的控诉和对往事的感慨，都算得上是上等的怀古佳作。尤其是“自胡马窥江去后，废池乔木，犹厌言兵”这一句，金兵的劫掠已成往事，但是直到现在还是“废池乔木”，可知当年战事有多么惨烈。陈廷焯《白雨斋词话》评价这一句说：“‘犹厌言兵’四字，包括无限伤乱语，他人累千百言，亦无此韵味。”说出了姜夔用心之处。

### ◎ 写作指导

这首词中提到诗人杜牧，他以在扬州清狂风流闻名于世，也创作了很多著名的诗篇，可以说是才华绝世的一代文人。但是姜夔却说，就算是他来了现在的时代，也“难赋深情”，可见一腔感情有多么复杂。拿著名的人物来突出自己内心的感情，未尝不是一条抒情的“捷径”，比方说“雨果也不能说出的巨大悲伤”“李白也不能形容的壮阔和豪迈”……不过在用名人的时候，要根据他本身擅长的领域来描述。

### ◎ 智慧点拨

与辛弃疾、陆游的词相比，姜夔的这一首词虽然唯美，但是少了一些关于现实生活的积极情感。词本身是一种艺术，未必要和现实一一对应，但是从我们日常的生活态度来说，姜夔不如陆游、辛弃疾那样勇敢、坚强。战争过后，固然要反思，但是更需要想着怎样去建设，去积极改变现实。

## 卷十五

# 漂泊在外

## 春风不度玉门关——王之涣《凉州词》

### 凉州词[①]

王之涣

黄河远上[②]白云间，一片孤城[③]万仞[④]山。

羌笛何须怨杨柳，春风不度[⑤]玉门关[⑥]。

①凉州词：又名《凉州歌》，是当时流行的一种曲子配的唱词。②黄河远上：远望黄河的源头。③孤城：指孤零零的戍边的城堡。④仞：古代的长度单位，一仞相当于七尺或八尺。⑤度：越过。⑥玉门关：汉武帝置，因西域输入玉石取道于此而得名。故址在今甘肃省敦煌市西北小方盘城。六朝时关址东移至今甘肃省爪州县双塔堡附近。

远远地眺望，黄河好像飘到了天空中，就如一根丝带，而这边，一座孤单的城池坐落在高山脚下，为什么总是用羌笛吹奏《折杨柳》这首哀怨的曲子去埋怨春光迟迟不到，玉门关外，春风本来也吹不到。

### 开阔之美

诗人笔下的黄河、孤城，凸显了一种气势，画面雄壮阔大，神气不落凄切。辽阔的高原上，黄河奔腾而去，远远向西望去，好像流入白云中一般。“一片孤城万仞山”，形象地描写了塞上的孤城，在高山大河的环抱下，巍然屹立，充分展现了祖国山川的雄伟气势。如此气势的描写，体现了诗人那种广阔的胸怀、豁达的心态及乐观的精神。不知不觉被这种开阔的心情所感染，即使有再多的离愁，再多的困难都会被折服。

◎ 写作指导

《凉州词》最突出的特点是景物的描写，用夸张的手法，形象的比喻，巧妙地把心中的感受表达出来，寓情于景。同时，“黄河远上”与“一片孤城”，一远一近，一动一静，互相映衬，有一种立体的感觉。这些手法的应用都是为了表达诗人所看所感。在一篇文章中，要表达一种思想或者是一份心情，直接表达出来，有时候效果反而不好，缺少一种美感，不耐人寻味。如果能够借助景致描写，采用恰当地表现手法，精准地表达出心情和感受，文章会更出彩。

◎ 智慧点拨

《凉州词》主要描写戍边士兵的怀乡之情。苍凉慷慨，悲而不失其壮，虽然在极力渲染戍卒不得还乡的怨情，但丝毫没有半点颓丧消沉的情调，充分表现出诗人豁达乐观的胸怀。反观我们现在很多人，遇到问题就情绪低落，消极应付，不敢正视它，困难也就变得越大。如果我们能学习诗人那种乐观的心态，坦然接受，积极面对问题，困难也就成为一个锻炼自己的机会。

## 一夜征人尽望乡——李益《夜上受降城闻笛》

### 夜上受降城闻笛

李益

回乐峰①前沙似雪，受降城②外月如霜。

不知何处吹芦管③，一夜征人④尽望乡。

①回乐峰：在宁夏回族自治区灵武市西南。回乐峰即当地的山峰，一作“回乐烽”，指城东的烽火台。②受降城：唐代有东、中、西三座受降城，都在内蒙古自治区境内。③芦管：笛子。④征人：戍边的将士。

夜色下，回乐峰前的沙地像雪一样白，受降城外，天边的月色犹如秋霜。这个时候，不知是哪里吹响了凄凉的笛声，在这样的夜里，戍边的将士一个个都朝故乡的方向眺望。

## 乡思之美

远望回乐城东面耸立着的山峰，下面是一片沙地，在月光的映照下，沙子像积雪一样洁白而带有寒意。近看高城之外，天上地下满是皎洁凄冷的月光。这如霜的月光和月下雪一般的沙漠，萦绕着一种思乡的情绪。此时，诗人置身边地之感、怀念故乡之情，隐隐地袭上心头。在寂静的夜里，伴随着如泣如诉的芦笛声，将士们如同一座座凝固的雕塑，静静地朝远方的故乡望去。全诗虽然只有四句，却有景有情，有声有色，融诗情、画意和音乐美于一体，构成了连绵不绝的思乡之情，由近及远，将诗人和戍边将士的这种思念传递到了他们的家乡。

### ◎ 写作指导

写文作章，除了语言要优美丰富，还要构思巧妙，充分调动读者的情绪，真心、真情、真意。本诗短短四句，前两句写色，第三句写声，末句抒心中所感，写的是情，而前三句都是为末句直接抒情做烘托、铺垫。通过“沙似雪”“月如霜”两个生动的比喻，形象地把边塞的那种荒凉、凄冷描绘出来，把视觉、听觉和情感三者相结合，将诗情、画意与音乐美结合在一起，意境浑成，简洁空灵，而又具有含蕴不尽的特点。

### ◎ 智慧点拨

李益笔下的边关将士，因为要镇守边疆，保卫国家，而不能回到自己的家乡，回到亲人的身边，他们唯有在心中默默地思念、祈祷。家是一个温情的港湾，充溢着浓浓的亲情，享受着爸爸妈妈的关爱，分享着快乐和喜悦，这是一种幸福。要让幸福持续下去，我们就应该努力学习，用成绩回报爸爸妈妈的辛劳，用爱去温暖这个家，把快乐和幸福带给身边的人。

## 古来征战几人回——王翰《凉州词》

### 凉州词

王翰

葡萄美酒夜光杯①，欲饮琵琶②马上催③。

醉卧沙场④君⑤莫笑，古来征战几人回？

①夜光杯：用白玉制成的酒杯，光可照明。它和葡萄酒都是西北地区的特产。②琵琶：这里指作战时用来发出号角声音时用的。③催：催人出征。④沙场：平坦空旷的沙地，古时多指战场。⑤君：你。

甘醇的葡萄酒装满了华贵的夜光杯，正要畅饮的时候，马上传来的琵琶声，仿佛在催促我上前作战，如果我醉倒在沙场上，请你不要笑，自古以来，奔赴沙场的人中有几个人能平安归来？

### 豪迈之美

《凉州词》描写了在艰苦荒凉的边塞举行的一次盛宴，描摹了边防将士们开怀痛饮、尽情酣醉的场面，抒发了将士们的豪迈不羁之情。第一句描写的绚丽优美，音调清越悦耳，显出盛宴的豪华气派，突出了一个“丽”字；第二句用“欲饮”两字，进一步写热烈场面，随着宴外音乐的响起，气氛得到进一层渲染；后两句写将士互相斟酌劝饮，尽情尽致，乐而忘忧，豪放旷达。诗中前后以生活的美好与战争的残酷做对比，抒发了人生感叹，悲壮但不悲观绝望，“醉卧沙场”更凸显出豪迈气概。

◎ 写作指导

本首诗在遣词上采用了倒置手法。按照常理，正常的次序应该是“欲饮——夜光杯（中的）——葡萄美酒——琵琶——马上催”。

但诗人在组织材料时，故意将这几种精美的东西，即葡萄美酒、夜光杯放在诗的第一句里面，从而使全诗在起首时就呈现出一种光芒四射的辉煌氛围，给读者造成一种先声夺人的感觉，为接下来抒发豪情奠定了基调。我们在写文章时，不外乎是人、物、情，平铺直叙会让人感觉平淡无奇。像本诗中情景的倒置，能够渲染一种别致的气氛，让情更自然地表现流露出来，会给文章添色不少。

◎ 智慧点拨

诗人笔下的边防将士豪放、开朗，表现出了视死如归的勇气。勇气是一种品质，也是一种习惯。在生活中，我们要敢作敢为，做错了事情，要敢于承认错误；遇到没有做过的，要敢于尝试；对于学习中的困难，要有勇气去面对；对于生活中的困苦，要有勇气去体会。凡事能够勇敢地走出第一步，成功也就离你不远了。

## 笑问客从何处来——贺知章《回乡偶书》

### 回乡偶书

贺知章

少小离家老大回，乡音无改①鬓毛衰②。

儿童相见不相识③，笑问客从何处来。

①无改：没什么变化。②鬓毛衰：两鬓头发已经斑白稀疏。衰，疏落。③相见：即看见我，不相识，即不认识我。相，带有指代性的副词。

风华正茂的时候离开家乡，年事老迈之时才回来；虽然言语中还依然保留着浓浓的家乡口音，但是两鬓的头发却已经变得稀疏斑白。乡里的孩子都不认识我了，把我当成了远道而来的客人，有个孩子竟然还笑着问：“老爷爷，您这是从哪儿来呀？”

## 沧桑之美

《回乡偶书》是一首久客异乡，返回故里的感怀诗。前两句说离家的时候，血气方刚，风华正茂；而现在回来之时，已老迈年高，鬓发疏落，不禁感慨良多，山河依旧，但人生易老，世事沧桑。这种远离家乡，独自生活数十年的困苦，让读者深深地体会到这种沧桑的感觉，进而产生共鸣。

### ◎ 写作指导

诗人的这首《回乡偶书》语言朴实无华，毫不雕琢，而且极富生活情趣，内容上虽然平淡，但人情味很浓。可见，文章是否好，不能一味地只看辞藻是否华丽，故事是否曲折，还要看看内涵是否丰富，所折射的主题是否鲜明。所以，作文时，关键是要有真情实意，要有感情的常入。在此之上，倘若有华丽的语言，动人的故事，则更加精彩。

### ◎ 智慧点拨

父母永远是让我们牵挂的，因此，无论你是在外面工作，还是在外地求学，不要忘记常回去看看。父母对待子女，并没有太多的物质要求，只希望能经常看看自己的孩子，聊聊家常，他们需要的是心灵上的安慰。所以，记得多往家里打几个电话，常回家看看，不要等物是人非再后悔感叹。

## 万里长征人未还——王昌龄《出塞》

### 出塞[①]

王昌龄

秦时明月汉时关，万里长征人未还。

但使[②]龙城飞将[③]在，不教胡马[④]度阴山[⑤]。

①出塞：是唐代诗人写边塞生活的诗常用的题目。②但使：只要。③龙城飞将：指汉朝名将李广。南侵的匈奴惧怕他，称他为“飞将军”。这里泛指英勇善战的将领。④胡马：指侵扰内地的外族骑兵。⑤阴山：在今内蒙古自治区，古代常凭借它来抵御匈奴的南侵。

秦汉以来，明月还是那样照着关塞，没有什么变化，但战事自秦汉以来都没有间断过，将士离家出征到万里之外，到现在还没有回到家乡。只要让飞将军李广镇守龙城，就不会让胡人的骑兵越过阴山南下侵略。

### 希冀之美

整首诗通过对历史上无数次侵略战争的回忆，对名将李广、卫青的怀念，反衬诗人所处时代镇守边疆将领的无能。首句从秦汉时的关塞写起，月色、关塞依旧，但时光流逝，朝代更迭，长期边防战争给人们和将士带来无限的灾难与痛苦。“但使龙城飞将在，不教胡马度阴山”，诗人想象，如果攻袭龙城的卫青和飞将军李广现在还活着的话，绝不会让胡人的骑兵跨越过阴山，体现了诗人希望能让有才能的将军，来驱逐敌人，保住边疆。这首诗由古到今，场面宏大，字里行间充满了强烈的爱国精神和豪迈的英雄气概，也揭示了诗人对祖国的希冀。

## ◎ 写作指导

《出塞》一诗，篇幅虽小，但蕴含的信息量非常大。诗人以雄劲的笔触，对当时的边塞战争生活进行了综合概括。从千年以前、万里之外下笔，通过对时间和空间的独特描写，把写景、叙事、抒情与议论紧密结合起来，形成了一种雄浑苍茫的独特意境。而且，融入了诗人丰富复杂的思想感情，既激动人心，又耐人寻味。看似简单的四句话，由于包含了历史人物和典故，则意境悠远。因此，我们在写文章时，也应该适当地引用一些历史故事、历史典故，不仅能丰富文章的内涵，也能增强可读性。

◎ 智慧点拨

“但使龙城飞将在，不教胡马度阴山”表达了诗人希望当时的朝廷能起任良将，早日平息边塞战事，让人们过上安定的生活。诗人的希望是真诚的，也是急切的。人活着总要给自己一丝希望。有了希望，生命才会绽放不一样的光彩；有了希望，人们才会有不竭的动力，才会有一往无前的勇气。给自己一丝希望，就是给父母一份希望，给朋友一片希望……

## 不破楼兰终不还——王昌龄《从军行》

### 从军行

王昌龄

青海[①]长云暗雪山，孤城遥望玉门关。
黄沙百战穿[②]金甲[③]，不破楼兰[④]终不还。

①青海：指青海湖。②穿：磨破。③金甲：铠甲的美称。④楼兰：汉代西域国名，这里借指敌人。

青海湖上空，乌云密布；湖的北面，横亘着绵延千里的隐隐雪山。越过雪山，是矗立在河西走廊荒漠中的一座孤城；再往西走，就是和孤城遥遥相对的军事要塞——玉门关。那里的将士身经百战，把盔甲都磨破了，但他们下定决心，不打败西部的敌人誓不回还。

### 豪情之美

《从军行》反映的是边防战士那种杀敌立功、保卫国家的豪情壮志。诗的前两句主要是描绘塞外边地的风光，渲染一种战争的气氛。后两句“黄沙百战穿金甲，不破楼兰终不还”概括了将士们长期的战争生活，以及那种决心破敌的豪情，表现了将士杀敌卫国的英雄气概和坚强意志。短短四句，壮阔的塞外景色与将士宏伟的抱负融合在一起，气魄雄阔，风格浑豪，从而由心底涌现出一腔热情，万分豪情。

◎ 写作指导

这首诗的前两句，主要是描写边塞景色，境界阔大，含蕴丰富；后两句突然转折，抒写戍边将士的豪情斗志，对照鲜明。写作时，如果想让人物的性格特征更鲜明，让主题更突出，可以采用对照的手法进行表述。通过对照，将环境、情节与人物感情统一，提升作品的文学性。

◎ 智慧点拨

决心是一个人走向成功必不可少的一种素质，有的人看到别人学习成绩好被老师认可，自己很羡慕，也希望能得到老师的喜欢，但总是下不了认真学习的决心。学如行舟，不进则退，要想成绩好，赶上其他的同学，就必须下定决心，克服困难与挫折，义无反顾地努力下去。